KB032967

WISHBOOKS MODERN FANTASY STORY

예성 장편소설

 5

예성 장편소설

초판 1쇄 찍은 날 | 2018년 3월 16일
초판 1쇄 펴낸 날 | 2018년 3월 23일

지은이 | | 예성
펴낸이 | | 예경원

기획 | 위시북스
편집책임 | 이규재
편집 | 이즈플러스

펴낸곳 | 예원북스
등록번호 | 제396-2012-000132호
등록일자 | 2012. 7. 25
KFN | 제1-234호

주소 | 경기도 고양시 일산동구 호수로 646-24 위너스21 II 빌딩 206A호 (우)10401
전화 | 031-819-9431 팩스 | 031-817-9432
E-mail | yewonbooks@naver.com

ISBN 979-11-6098-871-0 04810
        979-11-6098-694-5 (set)

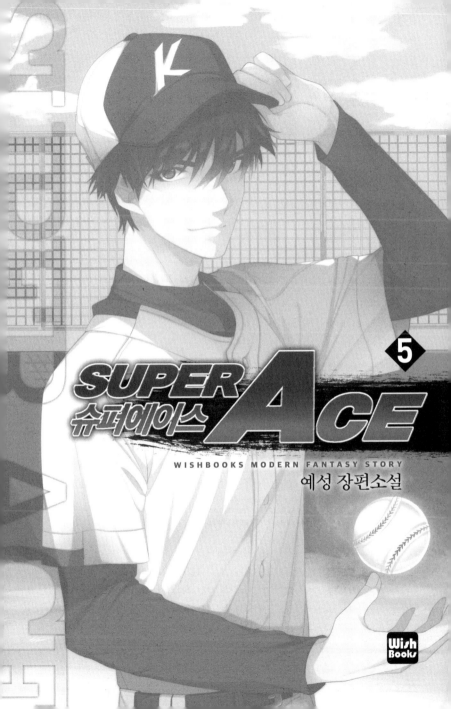

CONTENTS

1장
노히트노런

[후반기 첫 경기에서 시즌 14승을 수확한 강영웅!!]

[20승은 이미 사정권! 남은 건 그 이상이다.]

　현 메이저리그에서 다승은 중요한 스탯이 아니다.

　하지만 일반인에게 투수를 가장 잘 알릴 수 있는 스탯이다. 이런 모순이 발생하는 이윤 야구에 대한 지식의 차이다.

　일반인은 복잡한 걸 싫어한다.

　반면 마니아들은 복잡한 데이터에 열광하는 부분이 있었다. 또한 조금 더 전문적으로 파고들었다. 어쨌든 승리가 높으면 나쁠 건 없었다.

　영웅의 시즌 최다승은 작년에 거둔 22승이었다. 지금의 페이스를 유지한다면 최다승의 경신은 물론 최다 탈삼진, 최다 이닝, 평균 자책점까지.

작년의 기록을 모두 넘어설 가능성이 높았다. 많은 팬의 관심이 영웅의 성적에 집중된 사이.

밀러 감독은 팀 순위에 더 집중하고 있었다.

'잠깐 주춤하는 사이 로열스가 3경기 차이로 따라 붙었다.'

중부 지구에서 인디언스의 라이벌이라 칭할 수 있는 곳은 로열스였다.

로열스 역시 많은 선수를 영입했다.

그들의 목적 역시 하나였다. 바로 포스트시즌으로의 직행이었다.

와일드카드는 의미가 없었다. 지구 우승을 통해 디비전시리즈에 직행을 하는 게 최고였고 최선이었다.

전반기가 끝나면 각 팀의 부족한 전력이 드러난다.

인디언스의 경우 투타의 조합이 잘 이루어지고 있었다. 한때 타격이 부진하긴 했지만 타순의 변화로 안정감을 찾았다. 그로 인한 교통정리가 필요했다.

현재 박형수가 주전 1루수로 나서면서 알론조의 위치가 애매해졌다. 무엇보다 알론조가 자신의 기용에 대한 불만을 토로하고 있었다. 아직은 가까운 선수들에게만 푸념을 하는 정도다.

그러나 밀러는 알고 있었다. 그런 푸념이 불만으로 변하고 클럽하우스의 분위기를 해친다는 걸 말이다.

'알론조를 내준다면 베테랑 선수를 데려와야 한다.'

밀러의 마음에서 알론조는 이미 멀어졌다.

2년 연속 좋은 성적을 올렸지만 자신과는 스타일이 맞지 않았다. 밀러는 그를 보내면서 베테랑 선수를 데려오고 싶었다.

작년 와일드카드에서 인디언스는 허무하게 패배했다.

타격이 침체됐던 것이 이유다.

인디언스는 16년 월드시리즈 진출 이후 20년도에 다시 한 번의 리빌딩을 거쳤다. 주전 선수가 FA나 트레이드로 떠났고 새로운 얼굴들이 주전의 자리를 차지했다.

페넌트레이스에는 적응했지만 문제는 포스트시즌이었다.

와일드카드에서조차 긴장해서 제대로 된 스윙이 나오지 않는다면 디비전시리즈와 챔피언시리즈 나아가 월드시리즈에서 문제가 될 게 분명했다.

그런 순간을 이겨낼 수 있도록 도와주는 것이 바로 베테랑의 역할이었다.

현재 인디언스의 야수진에서 가장 경력이 오래된 건 박형수다. 다만 메이저리그가 아닌 한국에서 쌓은 경력이란 게 문제였다.

'알론조를 보내고 새로운 베테랑을 데려온다.'

알론조의 성적은 리그 상위권이다. 성적이 조금 떨어지는 베테랑이면 최대 2명까지도 데려올 수 있었다.

카드를 맞춰봐야 한다.

하지만 그 결정은 자신이 하는 게 아니었다. 밀러는 자신의 의견을 작성한 메일을 단장인 레이널드에게 전송했다. 공은 레이널드 단장에게로 넘어갔다.

올스타전이 끝나면 각 팀에서는 부족한 전력을 채우기 위한 트레이드를 시작한다.

전반기가 끝났기 때문에 어느 정도 포스트시즌에 대한 윤곽이 나온다.

일찌감치 포기하는 팀들도 생긴다. 그런 팀들은 대부분 리빌딩을 선택한다. 그 중심에는 유망주가 필요했다. 그래서 팀의 주전급 선수들을 내주고 유망주를 데리고 온다. 일 대 다의 트레이드가 일어나는 이유다.

인디언스는 알론조를 비롯해 팜에 있는 유망주들과 함께 베테랑 타자를 물색했다.

그런 소문과 상관없이 선수단은 경기에 전념했다.

[오랜만에 펜 웨이 파크에서 등판을 하게 된 강영웅 선수입니다. 지난 경기에서도 승리를 올리며 후반기 2연승을 거두고 있습니다.]

[평균 자책점이 올라 1점대가 되긴 했지만 여전히 강력한 모습입니다.]

영웅은 두 번의 경기에서 모두 1실점씩을 했다.

그 결과 드디어 평균 자책점이 1점대에 진입을 했다.

0점대가 깨진 건 아쉽지만 영웅은 개의치 않았다.

"후우……."

최근 신경이 쓰이는 건 공의 무브먼트가 원하는 대로 되지 않을 때가 있다는 것이다.

예전에는 80구가 넘어가면 그런 현상이 나타났다. 체력과 악력이 떨어지면서 나타는 자연스러운 현상이었다.

하지만 최근에는 70구가 되면 나타났다. 간혹 50구 전후로 나타날 때도 있었다.

쐐애애액-!

[4구 던집니다!]

뻐억-!

"볼!"

[아쉽습니다. 볼이 됩니다!]

[강영웅 선수의 장점 중 하나는 바로 공의 변화가 늦게 나타난다는 점입니다. 그렇게 되면 타자가 대응하기 힘들어지죠. 하지만 지난 이닝부터 공의 변화가 일찍 시작되고 있어요. 그러면서 투구 수가 늘어나고 있습니다.]

'조금 더 집중을 해보자.'

경기 중이다.

해결책을 고심하기엔 시간이 없었다.

일단 할 수 있는 건 다 해볼 생각이었다.

영웅은 집중력을 끌어올렸다. 공을 던지는 마지막 순간까지 손끝의 감각을 느끼려 노력했다.

촤앗-!

손끝이 실밥을 긁는 순간.

검지에 힘을 주어 회전에 변화를 주었다.

패스트볼의 궤적을 따라 날아가던 공이 방향을 바꾸며 우타자의 몸 쪽을 파고들었다.

후웅-!

뻐억-!

"스트라이크!! 투!"

[투 볼 원 스트라이크에서 헛스윙이 나옵니다!]

[마지막 순간 횡으로 휘면서 타자의 배트를 피했어요. 좋은 무브먼트였습니다.]

영웅도 고개를 끄덕였다.

만족한 것이다.

'집중력을 올리니 원하는 대로 제구가 됐어.'

영웅은 다시 한번 집중력을 끌어올리며 자신의 공을 던져 갔다.

7월 25일.

인디언스는 레드삭스와 트레이드를 단행했다.

알론조를 내주고 레드삭스의 내·외야 베테랑 두 명을 받았다.

그중에 한 명인 리카르도는 월드시리즈 경험까지 있는 빅리그 10년 차 베테랑이었다. 다른 한 명은 7년 차 베테랑으로 역시 포스트시즌 경험이 풍부했다.

언론에서는 인디언스의 트레이드를 좋게 평가했다.

베테랑들의 합류는 당장 인디언스에 큰 변화를 주진 않았다.

어디까지나 포스트시즌을 염두에 둔 트레이드였다. 페넌트 레이스에서는 기존의 전력을 그대로 가져가는 게 밀러 감독의 전략이었다.

영웅은 승수를 16승까지 올렸다.

현재 아메리칸리그 사이영 상 후보는 세 명으로 압축이 됐다.

영웅과 오오타니 그리고 제이크 러셀이었다.

하지만 영웅이 모든 성적표에서 앞서고 있는 상황. 많은 언론에서 2년 연속 영웅이 사이영 상을 수상할 거란 이야기를 하고 있었다.

그러나 야구란 끝까지 어떻게 될지 모를 스포츠였다.

그렇기에 영웅도 긴장을 유지한 채 경기에 임하고 있었다.

8월 첫 번째 시리즈는 인디언스에게 매우 중요한 경기가 잡혀 있었다.

바로 캔자스시티 로열스와의 4연전이었다. 인디언스의 뒤를 바짝 쫓고 있는 로열스와 격차를 벌릴 수 있는 좋은 기회였다.

그 선봉에 강영웅이 나섰다.

[자, 강영웅 선수가 홈에서 로열스의 강타선을 맞이하게 됐습니다. 올 시즌 로열스의 타선은 리그 전체를 놓고 보더라도 최고 수준 아닙니까?]

[그렇습니다. 팀 홈런이 131개로 메이저리그 전체 1위입니다. 하지만 강영웅 선수도 만만치 않습니다. 현재까지 허용한 홈런은 단 3개밖에 없습니다. 이는 메이저리그 전체에서 가장 적은 숫자입니다. 그것도 모두 솔로 홈런만 허용했을 뿐이죠.]

연습 투구를 끝낸 영웅이 피처 플레이트를 밟았다.

오늘 경기에서는 반드시 승리가 필요한 상황이었다.

그 어느 때보다 집중력이 필요한 시기였다.

'집중…… 집중…….'

"플레이볼!"

경기가 시작됐다.

페르나가 사인을 보냈다. 좌타자의 몸 쪽으로 붙는 슬라이더였다. 영웅이 고개를 끄덕였다.

[초구 던집니다.]

트위스터에서 뿜어져 나온 공이 빠르게 날아가다 몸 쪽으로 휘었다.

타자는 패스트볼을 노리고 있었다.

타이밍이나 궤적이 맞을 리가 없었다.

뻐억-!

"스트라이크!!"

[초구 변화구로 시작합니다.]

[후반기 들어 상대 타자들이 초구를 많이 노리기 시작했습니다. 그래서 그런지 허를 찌르는 모습입니다.]

따악-!

"파울!"

[2구는 파울이 됩니다. 구속은 96마일이 찍혔습니다.]

투 스트라이크로 몰아넣은 영웅은 3구에서 바로 승부를 보고 싶었다.

페르나 역시 같은 생각이었다.

'평소보다 구위가 더 좋다. 괜히 길게 끌고 갈 필요가 없어.'

패스트볼 사인을 냈다. 코스는 바깥쪽.

낮게 자리 잡은 미트를 본 영웅이 와인드업을 했다.

"후우……."

깊게 숨을 몰아쉬고 상체를 비틀었다. 비튼 것을 풀면서 회전을 극대화시켰다. 모든 힘을 손끝에 모아 그대로 공을 뿌렸다.

쐐애애액─!

타자의 배트가 빠르게 돌았다. 모든 타자가 영웅의 패스트볼을 노린다. 로열스의 타자들 역시 마찬가지다.

1번이지만 강타자다.

그렇지만 스윙은 평소와 달리 간결하게 나왔다. 빠르면서도 구위가 좋은 영웅의 공을 치기 위한 기술적 스윙이었다.

하지만 영웅의 공이 한 수 위였다.

휘릭─!

마지막 순간 공이 옆으로 휘어나갔다.

먹잇감을 놓친 배트가 허무하게 허공을 갈랐다.

뻐억─!

"스트라이크!! 배터 아웃!!"

[삼구삼진!! 멋진 공으로 삼진을 잡아내는 강영웅 선수입니다!]

베스트 스타트였다.

첫 번째 아웃 카운트는 중요하다. 투수에게 자신감을 심어주기 때문이다.

자신감을 얻은 영웅은 두 번째, 세 번째 타자도 정면대결을 펼쳤다.

따악-!

[4구 때렸습니다! 높게 떠오른 타구, 하지만 내야를 벗어나지 못합니다.]

퍽-!

[유격수가 안정적으로 공을 잡아냅니다!]

[2번 타자지만 시즌 홈런이 12개가 넘는 선수입니다. 한데 공을 외야로도 보내지 못했어요. 그만큼 강영웅 선수의 공이 묵직하단 소리예요.]

타석에 거구의 사내가 들어섰다.

[아메리칸리그 홈런 1위의 선수가 타석에 들어섭니다.]

지프 테일러.

올 시즌 37개의 홈런을 때려낸 선수다.

지금 페이스라면 50개 이상도 노려볼 수 있다는 평가를 받고 있었다. 아직 기술은 거칠지만 타고난 힘이 워낙 좋았다. 맞으면 넘어간다는 평가를 받을 정도였다.

그러나 영웅은 이런 선수를 상대하는 방법을 잘 알고 있었다. 사인을 교환한 영웅이 초구를 뿌렸다.

쐐애액-!

패스트볼의 궤적으로 날아오는 공에 테일러의 배트가 돌았다.

후웅-!

그 순간 공이 밑으로 뚝 떨어졌다.

뻐억-!

"스트라이크!!"

[스플리터에 헛스윙 합니다!]

2구와 3구 역시 변화구를 던졌다.

슬라이더와 커브를 연달아 던져 원 볼 투 스트라이크가 됐다.

'이번에 결정구를 던지겠지.'

테일러는 그렇게 생각했다.

영웅의 결정구는 패스트볼이다. 메이저리그의 모든 사람이 아는 사실이었다.

하지만.

쐐애액-!

[4구 던졌습니다.]

'역시 패스트볼!!'

기다렸던 공이 오자 테일러의 배트가 매섭게 돌았다.

그때 공이 다시 밑으로 도망쳤다. 테일러의 기술로는 급격하게 떨어지는 공을 커트할 수 없었다.

뻐억-!

"스트라이크!! 배터 아웃!"

[삼진입니다! 다시 한번 스플리터로 헛스윙을 유도합니다!]

4개의 공 모두 변화구였다.

'1회부터 굳이 정면 대결만 고집할 필요는 없지.'

영웅은 미소를 지은 채 마운드를 내려갔다.

22시즌도 이제 두 달 남았다. 선수들의 체력이 떨어질 시기라는 소리다. 무더위 아래서 3시간가량 야구를 한다는 건 곤욕이다. 전반기에 쌓아둔 성적이 이 시기에 가장 많이 떨어지는 이유다.

영웅도 마찬가지다. 일각에선 철인이라 부르기도 하지만 체력이 무한정하지는 않았다.

한계가 있었다.

스스로도 최근 그걸 느꼈다.

그래서 스타일을 바꾸었다.

전반기만 하더라도 정면 승부를 자주 했다. 패스트볼 비율이 73퍼센트에 달할 정도로 매우 공격적인 피칭을 해왔다.

후반기에는 변화구 비율이 높아졌다. 패스트볼 비율은 60퍼센트까지 낮추었다.

그리고 8월 첫 경기. 그 수치를 더 낮췄다.

따악—!

[떨어지는 변화구를 때렸습니다! 원 바운드 된 공을 3루수가 잡아 그대로 1루에 송구! 아웃입니다!]

5회 초.

영웅이 두 번째 타자를 종 슬라이더로 잡아냈다.

타자의 얼굴이 일그러졌다. 패스트볼을 노리고 있는데 좀처럼 들어오지 않았다.

아예 안 던지는 건 아니다. 변화구를 던지다 한 번씩 패스트볼을 던졌다. 그 타이밍이 너무 절묘했다. 타자가 변화구를 노릴 타이밍에 정확히 패스트볼을 꽂아 넣었다. 주 무기가 아닌 혼란을 유도하는 용도였다.

뻐억-!

"스트라이크!! 배터 아웃!!"

[이번에도 결정구는 변화구였습니다! 세 번째 아웃 카운트를 삼진으로 잡아내며 5회 역시 무실점으로 이닝을 마감합니다!]

영웅이 마운드에서 내려왔다.

벤치에 앉은 그는 그라운드를 보며 내용을 정리했다.

'지금까지 생각대로 되고 있다. 변화구도 잘 던져지고 있어.'

변화구 비중을 높이면서 투구 수도 많이 줄였다.

무엇보다 5회까지 1루 베이스를 허용한 건 한 번에 불과했다.

노히트노런이란 소리였다.

'어차피 깨질 기록이다.'

이미 이뤄봐서 그런 걸까? 크게 신경이 쓰이거나 하지 않았다. 영웅은 음료를 마시며 부족했던 수분을 섭취했다.

그때 그라운드에서 경쾌한 소리가 났다.

따악-!

"오오!"

"때렸다!"

더그아웃 동료들이 일어나 그라운드를 바라봤다. 1루 베이스를 도는 박형수의 모습이 보였다.

'타구는……'

외야를 확인했다.

베이스를 돌았으니 펜스까지 가는 공일 것이다.

예상대로였다. 좌중간에 떨어진 타구가 펜스와 부딪쳤다. 좌익수가 공을 잡아 빠르게 2루로 송구했다.

하지만 박형수의 발이 먼저 베이스를 밟았다.

'2루타!'

양 팀의 점수는 0 대 0이었다.

로열스의 투수도 꾸역꾸역 인디언스의 타선을 막고 있었다.

박형수의 2루타는 처음으로 나온 장타였다.

'기회를 잡았을 때 점수를 내야 된다.'

야구의 명언 중 하나다. 이번 기회를 잡아야 된다. 밀러 감독도 생각을 하고 있었는지 작전을 냈다.

[원 볼 원 스트라이크! 3구 던집니다!]

투수의 발이 홈 플레이트를 향하는 순간.

박형수가 스타트를 걸었다.

[작전이 나옵니다!]

따악-!

타자는 공을 때렸다. 좌타자가 잡아당긴 타구가 1루 라인 위를 날았다. 베이스 뒤로 물러난 1루수가 타이밍을 맞춰 점프했다.

퍽-!

둔탁한 소리가 났다. 글러브 끝부분에 들어갔던 공이 빠지고 말았다.

[공 잡았다가 놓칩니다!!]

[너무 강한 타구였어요!]

[스타트가 빨랐던 박형수 선수 벌써 3루를 돕니다!]

타자 주자 역시 빠르게 1루 베이스를 돌았다.

그사이 우익수가 파울 라인 밖으로 나갔던 공을 잡아 2루로 뿌렸다.

[홈인! 선취점을 올리는 인디언스!]

촤아앗-!

주자 역시 2루에서 슬라이딩을 했다.

그의 위로 공이 지나갔다.

퍽-!

포구를 한 유격수가 그대로 주자를 태그했다.

퍽-!

"세이프!!"

하지만 손이 빨랐다.

[주자도 살았습니다! 무사 2루의 찬스가 이어집니다!]

잘되는 팀은 뭘 해도 잘 된다.

타구가 빠르긴 했지만 만약 점프의 타이밍이 조금만 더 빨랐다면 아웃이 됐을 거다. 그렇게 되면 더블플레이로 아웃 카운트 두 개가 된다. 분위기는 단번에 인디언스에게 넘어가고 말이다.

점수를 내기 시작한 인디언스는 빠르게 점수를 쌓아 나 갔다.

순식간에 3득점을 올렸다. 아쉽게 더블플레이로 이닝이 마감됐지만 충분한 점수였다.

마운드에는 강영웅이 있었으니까 말이다.

[6회, 강영웅 선수가 다시 마운드에 오릅니다. 현재까지 투구 수는 단 58구. 볼넷 하나를 제외하고는 완벽투를 이어 가고 있습니다.]

노히트노런을 거론하긴 이르다.

하지만 사람들의 머릿속에는 그 단어가 떠올랐다.

벌써 댓글창에는 노히트노런 관련 이야기들이 쏟아졌다. 실시간 검색어에도 2위에 랭크가 됐다. 1위는 강영웅이었다.

앞으로 12개의 아웃 카운트가 남아 있는 상황. 언제 깨져 도 이상할 게 없었다. 그러나 사람들은 기대했다. 기록을 이 어가고 있는 게 바로 영웅이기 때문이다.

[초구 던집니다.]

와인드업을 한 영웅이 공을 뿌렸다.

쐐애액-!

뻐억-!

"스트라이크!!"

[97마일의 빠른 공이 미트에 꽂힙니다!]

오랜만에 초구 패스트볼을 던졌다.

타자의 허를 찌른 공이었다. 변화구를 자주 던지니 그것을 노리고 있었다.

대부분 타자는 볼카운트가 유리할 때는 노림수를 가지고 타격을 한다. 그 노림수에서 현저히 벗어나는 공은 아예 배트도 내밀지 않는다.

어설프게 스윙을 했다가 범타로 물러나는 것이 더 손해기 때문이었다.

하지만 영웅 같은 특급 투수와의 승부에서 공 하나를 그냥 흘려보낸 건 뼈아픈 일이었다.

이후에는 영웅이 원하는 대로 흘러갔다. 변화구로 타자의 혼을 빼놓았다. 결정구로 스플리터를 뿌려 헛스윙을 유도했다.

후웅─!

뻐억─!

"스트라이크! 배터 아웃!!"

[삼진입니다! 오늘 경기 10번째 탈삼진을 기록합니다.]

6회마저 삼자범퇴로 이닝을 마감했다.

남은 아웃 카운트는 9개.

사람들의 관심이 극대화됐다.

한여름.

무더위에 지칠 시기였다. 무기력에 빠지고 의욕이 떨어질 시기에 영웅의 노히트노런은 단비가 되었다.

사람들은 기대했다.

영웅이 2년 연속 노히트노런을 기록하길 말이다.

메이저리그 역사를 통틀어서 노히트노런을 2년 연속 기록한 선수는 31명이다.

가장 가까운 건 2016년 시카고 컵스의 제이크 아리에타의 기록이다.

그는 15년과 16년 연속 노히트노런을 달성하며 팀 린스컴에 이어 31번째 주인공이 됐다.

만약 영웅이 오늘 경기에서 노히트노런을 달성하게 되면 32번째 주인공이 되는 것이다.

그걸 막기 위해 로열스의 선두 타자가 타석에 섰다.

[이번 이닝 로열스의 1, 2, 3번 타자들이 나란히 나옵니다. 가장 위험한 이닝이 되지 않을까 싶은데요.]

[그렇습니다. 집중력을 끌어올려서 자신의 공을 던져야 됩니다.]

걱정은 기우였다.

영웅의 공은 여전히 날카로웠고 타자가 꺼려하는 코스에만 던져졌다.

뻐억-!

"스트라이크!! 배터 아웃!!"

[11번째 탈삼진을 잡아냅니다! 7회 초 역시 삼자범퇴로 이닝을 마감하는 강영웅 선수! 이제 남은 아웃 카운트는 단 6개가 됩니다!]

마운드를 내려오는 영웅에게 우레와 같은 박수가 쏟아졌다.

카메라들은 그를 잡기 바빴다.

미국 현지에서도 그와 관련된 코멘트들이 나오기 시작했다. SNS를 통한 기자들의 코멘트는 곧 기사가 되어 한국의 포털 사이트를 장식했다.

[만약 오늘 경기에서 강영웅 선수가 또다시 노히트에 성공하게 되면 올 시즌은 정말 대단한 시즌이 되는 거 아닙니까?]

[그렇습니다. 올 시즌만 한정해도 한 경기 최다 탈삼진 기록과 최다 이닝 무실점 기록을 경신했습니다. 거기에 2년 연속 노히트 기록이 추가 되는 거죠.]

[직접 중계를 하고 있지만 정말 믿을 수 없는 일입니다.]

7회 말.

인디언스는 다시 3점을 추가했다. 득점 지원도 화끈하게 이루어지고 있었다.

영웅은 마음에 빈틈에 생기지 않게 집중력을 끌어올렸다.

[8회 초, 강영웅 선수가 마운드에 오릅니다. 아직까지 노히트를 기록 중인데요. 아웃 카운트 6개를 잡으면 또다시 대기록을 달성하게 됩니다.]

8회.

체력적으로 문제가 올 시기였다.

한데 오늘은 괜찮았다.

주로 변화구를 던지면서 체력으로 세이브해 두었다. 덕분에 8회가 되어도 여전히 힘이 남아 있었다.

쐐애액-!

퍽-!

[초구 96마일의 빠른 공이 미트에 꽂힙니다!]

뻐억-!

[2구 역시 97마일의 빠른 공이 들어갑니다! 연속해서 패스트볼을 던지는군요.]

이번에도 타자의 허를 찔렀다.

'제길! 계속 변화구만 던지더니 이제는 또 패스트볼이냐?'

타자들이 타석에 선 게 벌써 세 번째다.

한데 제대로 된 타격이 이루어지지 않고 있었다. 영웅이 매번 레퍼토리를 바꾸었기 때문이다.

마지막에도 영웅은 타자의 허를 찔렀다.

"흡-!"

쐐애애액-!

빠르게 날아오는 공에 타자가 배트를 돌렸다.

마지막 순간 공이 떨어지지 않으면서 타자의 배트는 공의 밑을 헛돌았다.

뻐억-!

"스트라이크! 배터 아웃!!"

[삼구삼진입니다! 8회 첫 타자를 삼진으로 돌려세우는 강영웅 선수! 남은 아웃 카운트는 5개입니다!]

점점 기록이 가시권에 들어왔다.

아웃 카운트가 하나씩 줄 때마다 현장의 관중석에서도 박수가 쏟아졌다.

기자들도 바빠지기 시작했다.

내·외야의 수비들 역시 긴장감을 끌어올렸다.

오늘 영웅의 피칭은 맞혀 잡는 피칭이었다. 수비들의 도움이 절대적이었다. 지금까지는 그게 잘 이루어졌지만 마지막 순간까지 긴장감을 놓칠 수 없었다.

그라운드의 분위기가 팽팽해졌다.

영웅도 그걸 느낄 수 있었다.

'너무들 긴장하는데.'

정작 본인은 매우 편안했다.

기록이야 언제든지 달성할 수 있다. 오늘 중요한 건 경기를 확실하게 잡는 것이었다.

영웅은 그렇게 생각했다.

'이럴 때 에러가 나오기 쉬운데.'

기록이 진행 중일 때 가장 긴장하는 건 투수다.

분명한 사실이다.

하지만 내·외야 선수들의 긴장감도 극도에 달한다.

약간의 긴장감은 경기에 도움이 된다. 그러나 평균보다 월등히 높아진 긴장감은 몸을 굳게 만든다. 움직임을 둔하게 만들고 나오지 않을 실수도 만든다.

'모두 삼진으로 처리해야겠어.'

이야기로 긴장을 풀어줄까도 생각했다.

왠지 내키지 않았다.

평소라면 그랬을 테지만 오늘은 아니었다.

'확실하게 잡아두는 게 좋지.'

경기의 중요성을 알기 때문이었다.

이번 시리즈에서 로열스와 경기 차를 벌리는 건 무척이나 중요했다.

그 시작점에서 상대의 기를 살려줄 필요는 없었다.

"후우……."

깊게 한숨을 내쉰 영웅이 빠른 템포로 공을 던졌다.

쐐애액-!

뻐억-!

"스트라이크!!"

딱-!

"파울!"

[유리한 카운트를 잡아냅니다!]

결정구로는 스플리터를 뿌렸다.

쐐애액-!

다섯 번 연속 패스트볼을 던졌기에 타자의 배트는 나올 수밖에 없었다.

함정에 걸린 것이다.

배트의 궤적을 피해 달아나는 공을 타자는 잡을 수 없었다.

후웅-!

뻐억-!

"스트라이크! 배터 아웃!!"

[두 타자 연속 삼구삼진으로 잡아내는 강영웅 선수! 남은 아웃 카운트는 네 개!]

6번 타자가 타석에 섰다.

대타였다.

좌타자로 올 시즌 전반기에는 주전으로 나왔던 마크였다.

하지만 부상을 입었다. 햄스트링 부상이었는데 러닝이 힘들었다. 달릴 순 있지만 무리를 시키지 않았다.

한 방이 있고 컨택 능력도 뛰어나다. 무엇보다 영웅을 상대로 5타수 2안타를 기록했다. 나쁘지 않은 성적이었다.

그러나 타이밍이 좋지 않았다. 완벽하지 않은 몸 상태에서 영웅의 공을 제대로 쳐 내기란 불가능에 가까웠다.

뻐억-!

"스트라이크! 배터 아웃!!"

[세 타자 연속 삼구삼진!! 강력한 구위로 8회를 지워 버리는 강영웅 선수! 남은 아웃 카운트는 단 3개입니다!!]

9회.

6점이란 점수를 등에 업고 영웅이 마운드에 섰다.

연습 투구를 지켜보는 관중들은 자리에 앉아 있지 못했다. 모두 일어나 경기에 몰입하고 있었다.

전 관중이 기립한 모습은 그야말로 장관이었다.

일반인이라면 긴장감에 눌려 제대로 서 있기도 힘든 상황.

하지만 영웅은 이 순간을 즐겼다.

'변화구로 갈까?'

페르나의 사인이 나왔다.

영웅은 고개를 저었다.

어차피 이번 이닝이 마지막이다. 힘을 아낄 이유는 없었다.

페르나가 다시 사인을 내자 곧장 고개를 끄덕였다.

'몸 쪽에 붙여.'

좌타자의 몸 쪽에 붙이면 크로스파이어가 된다.

그것을 노리고 영웅이 와인드업을 했다. 손끝에 온 신경을 집중시키고 모든 힘을 모았다.

쐐애애액–!

포심 그립을 잡고 그대로 공을 챘다.

흰색 물체가 빠르게 회전하면서 갑자기 훅 다가오는 것처럼 느껴졌다.

타자가 배트를 돌렸지만 공은 배트의 위를 지나갔다.

뻐억–!

"스트라이크!!"

"와아–!"

관중석에서 환호성이 쏟아졌다.

박수를 보내는 이들도 있었다.

모든 관중이 영웅을 응원하고 있었다.

타자들의 입장에서는 힘이 빠지는 상황이었다.

하지만 이곳은 메이저리그다.

'이대로 물러날 순 없어.'

타자가 배트를 짧게 쥐었다. 어떻게든 나가겠다는 의지가 보였다.

'변화구로 가자.'

페르나의 사인에 고개를 끄덕였다. 구종을 결정했다. 스플리터였다. 오늘 경기 스플리터는 매우 잘 먹히는 구종이었다. 결정구로 6개의 삼진을 잡아낼 때 사용됐다.

페르나의 선택은 적절했지만 결과는 좋지 않았다.

"후우……."

깊게 한숨을 내쉰 영웅이 와인드업을 했다.

그리고 공을 뿌렸다.

공을 뿌리는 순간, 릴리스 포인트에 도달하기 직전에 공이 손에서 빠졌다.

스플리터는 포크볼과 비슷한 그립을 잡는다. 검지와 중지를 벌려 공을 잡는데 벌리는 각도가 포크볼과 달랐다.

하지만 악력이 필요하다는 건 같았다. 즉, 악력이 떨어진 후반에는 실투가 나올 가능성이 높았다.

그 실투가 지금 이 순간 나오고 말았다.

빠르게 날아가는 공이 제대로 떨어지지 않았다. 구속은 붙었지만 포심과 달리 회전이 적은 공이 스플리터다.

타자의 입장에선 좋은 먹잇감에 불과했다.

따악-!

그리고 메이저리그 타자는 그걸 놓치지 않았다.

경쾌한 소리와 함께 타구가 1루 라인을 따라 날아갔다.

퍽-!

1루 베이스를 지나치는 순간.

매가 먹이를 낚아채듯 박형수의 미트가 타구를 낚아챘다.

"아웃!!"

1루심의 선언이 떨어지자 관중석에서 일제히 환호성이 터져 나왔다.

[잡았습니다! 라인드라이브 타구를 잡아내는 박형수 선수!

완벽한 타이밍에 점프를 하면서 후배를 구해줍니다!!]

　[비슷한 상황이 두 팀에게서 동시에 나오네요. 로열스는 공을 잡았다가 놓쳤지만 인디언스는 포구를 하면서 아웃 카운트를 늘렸습니다.]

　[정말 간담이 서늘하게 만드는 순간이었어요.]

　박형수가 마운드로 다가가 공을 건넸다.

　"고맙지?"

　"예."

　"고마우면 잘 던져라."

　"알겠습니다."

　어떻게 보면 압박을 줄 수도 있는 말이다.

　하지만 친하기 때문에, 영웅의 성격을 알기에 할 수 있는 응원이었다.

　영웅 역시 박형수의 마음을 알고 가볍게 어깨를 털었다.

　'체력은 괜찮다고 생각했는데. 악력이 생각보다 빠졌어. 변화구보다는 패스트볼 위주로 가야 한다.'

　무브먼트를 조절하는 것도 어려울 것이다.

　그것을 위해서는 강한 악력으로 미세하게 조절을 해야 한다. 지금 상황에선 불가능한 일이었다. 그렇다면 차선을 택해야 했다.

　'구속을 높인다.'

　영웅은 언제나 제구력을 우선시하는 투수였다.

　어릴 때부터 배웠던 것이 제구가 되지 않는 투수는 투수가 아니란 것이었다.

그렇기에 구속을 억제했다.

그 리밋을 풀기로 결정을 내렸다.

"후우……."

깊게 숨을 내쉬었다. 거칠었던 호흡이 조금씩 정돈이 됐다.

'전력으로 공을 던지는 건 오랜만이네.'

위험한 순간에도 제구를 우선시하느라 구속에 브레이크를 걸었다.

프로라면 당연했다. 공이 어디로 튈지 모르기 때문이다.

지금도 자신은 없었다. 더욱이 구위가 떨어진 공은 배팅볼에 불과했다. 아무리 구속이 빠르다 해도 말이다.

'지금 기록이 깨지는 건 싫다.'

남은 아웃 카운트는 고작 두 개였다.

여기까지 온 이상 욕심이 나지 않는다면 거짓말일 것이다.

"후우……."

깊게 숨을 내쉰 영웅의 눈이 빛났다.

와인드업을 한 영웅은 마지막 순간 상체를 더 비틀었다.

모든 힘을 축적해 그대로 공을 뿌렸다.

마지막 순간 제구에 신경을 쓰지도 않았다. 그저 스트라이크존에 공을 꽂아 넣을 생각이었다.

쐐애애애액─!

공이 빠르게 날아왔다. 이전과는 전혀 다른 스피드였다.

뻐억─!

굉장한 소리가 울려 퍼졌다.

"볼!!"

하지만 공은 존에서 벗어났다. 영웅이 아쉽다는 듯 혀를 찼다.

너무 높게 들어갔다. 그러나 그 모습을 중계로 보고 있던 사람들은 놀라움을 금치 못했다.

[9…… 99마일이 찍혔습니다! 비록 볼이 되긴 했지만 오늘 경기 최고 구속을 9회에 기록합니다!]

[이거 정말 놀라운데요? 100구가 넘은 상황에서 99마일을 찍다니. 정말 놀라운 일입니다.]

과거 비슷한 일이 있었다.

영웅이 9회 리밋을 해제하고 공을 뿌렸었다.

당시 경기 최고 구속을 경신하면서 놀라움을 주었다.

그게 2년 전의 일이다.

퍼펙트게임을 달성할 때 말이다.

[아직까지 저력이 남아 있다니 대단합니다.]

저력?

아니다.

남은 힘을 모두 쥐어짜 낸 것이다. 앞으로 던질 수 있는 공은 열 구 내외일 거다.

즉, 하나의 안타라도 허용하면 자진 강판도 생각하고 있었다.

벼랑 끝에 선 것이다.

"후우……."

호흡을 고르고 2구를 뿌렸다.

쐐애애액-!

빠르게 날아오는 공에 타자의 배트가 돌았다.

하지만 배트가 채 돌기도 전에 공이 홈 플레이트 위를 지나갔다.

뻐억-!

"스트라이크!!"

[2구 헛스윙!! 또다시 99마일의 빠른 공이 존을 통과합니다!]

체력이 급격하게 떨어지는 게 느껴졌다.

'정신을 집중하자. 공 하나에 집중해!'

스스로를 다잡은 영웅이 홈 플레이트를 밟았다.

변화구 사인이 나왔다.

고개를 저었다.

가장 자신 있는 포심 패스트볼조차 원하는 곳에 던질 수 없다. 그저 존을 목표로 던질 뿐이었다. 그런 상황에서 변화구를 던져 봤자 제대로 날아가지 않을 것이다.

'포심으로 가자.'

'포심 일변도로 가면 맞을 수도 있어.'

사인으로는 납득시키기 어려웠다.

영웅이 발을 빼고 페르나에게 손짓을 했다.

[아, 여기서 강영웅 선수가 페르나 선수를 부릅니다. 직접 마운드에 올라와 줄 것을 요청하는 건 처음 아닙니까?]

[그렇습니다. 아무래도 사인이 잘 맞지 않는 것 같습니다.]

페르나가 마운드에 올라오자 영웅이 간략하게 말했다.

"전력투구를 하고 있는 중이야. 구속을 늘리는 바람에 제구가 제대로 안 돼. 변화구를 던진다면 더더욱 힘들어질 거야."

"흠, 제구력을 그렇게까지 낮춘 거냐?"

영웅이 고개를 끄덕였다.

"방금 전 공이 강했던 이유를 알겠군. 알았다. 그럼 네가 원하는 대로 가 보자."

에이스가 내린 선택이다. 거기에 부정적인 의견을 주는 건 포수가 할 일이 아니었다.

마운드를 내려간 페르나가 다시 마스크를 썼다.

양손을 넓게 펼치는 그의 모습에 미소를 지었다.

"후우……."

다시 호흡을 내뱉으며 정신을 집중했다.

다리를 차올리고 와인드업을 한 영웅이 그대로 공을 뿌렸다.

쐐애애액—!

공의 구속이 빨라졌다.

그 의미는 타자가 판단을 내릴 시간이 줄어든다는 이야기였다. 아니, 애초 공을 보고 판단을 내릴 수 없었다.

감각을 가지고 때려야 한다.

하지만 그 감각마저 넘어서는 게 바로 160㎞/h의 강속구다.

이런 공을 때리기 위해선 결정을 내려야 한다.

타석에 서기 전에 말이다.

그렇기 때문에 타자는 이미 무엇을 칠지 결정을 내리고 타석에 섰다.

변화구였다.

'내 배트 스피드로는 저 공을 때릴 수 없어.'

그건 오판이었다. 영웅은 애초 변화구를 던질 생각이 없었으니 말이다.

뻐억-!

"스트라이크!!"

[3구 스트라이크입니다!]

뻐억-!

"볼!"

[4구는 볼입니다. 너무 낮게 들어왔습니다.]

퍽-!

"볼!"

[5구 역시 볼입니다. 바깥쪽으로 너무 빠지네요.]

[아무래도 구속을 올리면서 제구를 포기한 듯 보입니다.]

해설 위원도 상황을 파악했다. 구속을 얻음으로써 제구를 버렸다는 걸 말이다.

[강영웅 선수 와인드업 합니다.]

'변화구가 아니면 커트한다.'

그 모습을 보며 타자가 결정을 내렸다. 노리는 건 어디까지나 변화구다. 커트를 할 마음으로 배트를 짧게 쥐었다.

"차앗-!"

쐐애애액-!

기합 소리의 뒤를 이어 공이 뿌려졌다. 하얀 물체가 갑자기 나타난 느낌이었다.

'포심!'

패스트볼이란 걸 판단한 타자가 커트를 목적으로 스윙을

했다.

빠억-!

"스트라이크!! 배터 아웃!!"

하지만 실패했다.

커트조차 허용하지 않은 공의 구속은.

[배…… 백 마일이 찍혔습니다!! 올 시즌 두 번째 백 마일을 기록하는 강영웅 선수입니다!!]

[무엇보다 100구가 넘은 상황에서 나온 백마일이라는 게 고무적입니다. 정말 대단합니다!]

100마일이라는 엄청난 공에 관중석에서 환호가 터져 나왔다.

상식을 파괴하는 영웅의 피칭에 경외감을 표한 것이다.

하지만 그 대가는 컸다.

'제길…….'

손끝이 떨렸다.

마지막 공을 던지느라 체력이 바닥을 드러낸 것이다.

'남은 아웃 카운트는 하나.'

영웅은 주먹을 쥐었다 펴면서 가볍게 손을 풀어주었다.

그나마 조금은 괜찮아졌다.

'구속이 떨어질 게 분명하다.'

3년간 수많은 공을 던지고 상황을 맞이했었다. 그렇게 쌓인 경험은 지금 상황에서 필요한 게 무엇인지 알 수 있게 해주었다.

몸을 돌린 영웅이 내·외야수들을 향해 손가락 하나를 펼쳐 보였다.

"남은 아웃 카운트 하나! 잘 잡아줘!!"

그의 외침이 외야까지 퍼져 나갔다. 관중석에서도 확실히 들을 수 있었다.

그 말을 들은 내·외야들이 일제히 글러브를 치며 자신감 넘치게 대답했다.

"맡겨둬!"

"언제든지 맞아! 내가 잡아줄게!"

"내가 잡으면 오늘 밥 사야 된다!"

"아웃 잡아주면 경기 끝나고 강이 쏜대!"

순식간에 저녁 약속이 잡혔다.

영웅이 피식 웃었다.

"좋아!"

[강영웅 선수가 아웃 카운트 하나가 남았다는 걸 동료들에게 상기시켜 주고 있네요.]

[이런 상황에서도 긴장하지 않고 분위기를 환기시키는 모습이 베테랑 그 자체입니다.]

준비를 끝낸 영웅이 홈 플레이트를 밟았다.

그는 연속해서 1구와 2구를 던졌다.

퍽-!

"볼!"

퍽-!

"볼!"

[두 개의 공이 연속 볼로 들어옵니다. 구속도 95마일, 93

마일이 찍히네요.]

　[아무래도 한계에 달하지 않았나 싶습니다.]

　중계 화면이 전환되면서 불펜을 비추었다.

　불펜 투수들은 철문에 기대어 그라운드를 바라볼 뿐 몸을 풀고 있는 선수가 없었다.

　[밀러 감독은 여전히 강영웅 선수를 믿는 눈치네요. 몸을 푸는 투수가 없습니다.]

　다시 화면이 바뀌었다.

　마운드 위의 영웅이 와인드업을 하는 장면이 비쳤다.

　[3구 던집니다!]

　비틀렸던 상체를 푼 영웅이 있는 힘껏 공을 뿌렸다.

　쐐애애액—!

　그가 던진 공의 구속은 92마일이 찍혔다. 오늘 경기 최저 구속이었다. 구위도 떨어져 타자의 배트에 그대로 맞았다.

　따악—!

　[때렸습니다! 잘 맞은 타구! 위험합니다!]

　순식간에 내야를 벗어난 공이 외야로 날아갔다.

　코스는 좌중간.

　좌익수 로건이 빠르게 달려갔다.

　원래 있던 위치보다 뒤로 날아가는 타구를 확인하고는 더 이상 뒤를 보지 않았다.

　그때 반대편에서 달려오던 베일이 소리쳤다.

　"뛰어!!"

　"차앗!"

그 말과 동시에 로건이 점프를 향했다.

몸을 날리고 있는 힘껏 팔을 내밀었다.

퍽–!

둔탁한 느낌이 글러브를 쥔 손에서 느껴졌다.

뒤이어 그의 몸이 그라운드에 추락했다.

쿵–!

[잡았나요?! 잡았나요?!]

모든 이의 시선이 로건에게 집중됐다.

그때 로건이 상체를 일으키며 글러브를 하늘 높이 치켜들었다.

그 안에는 하얀색 야구공이 들어 있었다.

[잡았습니다!! 강영웅 선수가 2년 연속 노히트노런을 달성하는 순간입니다!!]

"아자!!"

마운드 위의 영웅이 환호를 내질렀다.

2장
열애설

[2년 연속 노히트노런을 달성한 강영웅!]

[백 마일의 사나이 노히트노런을 장식하다!]

[데뷔 첫해 퍼펙트게임, 2년 차에 노히트노런, 3년 차에도 노히트노런! 과연 그의 끝은 어디인가?]

[우리가 지금까지 봐온 강영웅은 아직 끝을 보여주지 않은 듯하다.]

모든 언론이 영웅의 기록 달성에 관한 기사를 쏟아냈다.

한국의 모든 언론사를 비롯해 방송국들 역시 뉴스 시간에 영웅의 노히트노런 관련 기사를 내보냈다.

이례적인 일이었다.

스포츠 소식이 스포츠 뉴스가 아닌 일반 뉴스에서 다뤄지는 건 과거를 통틀어도 몇 번 되지 않았다.

심지어 그 몇 번 중 대다수를 영웅이 차지했다.

국내 언론만이 아니었다.

미국의 유수한 언론들 역시 그의 기록을 대대적으로 다루었다.

MLB.COM은 아예 메인에 영웅의 기사를 올렸다.

그만큼 2년 연속 노히트노런을 달성한다는 건 대단한 일이었다.

영웅의 주가가 한 단계 더 높아졌다.

몇몇 기자는 올 시즌이 끝난 뒤 있을 스토브리그에서 영웅의 연봉이 얼마나 오를지 예측하기도 했다.

기사들이 쏟아지고 있을 때, 영웅은 호텔에서 휴식을 보냈다.

원래는 동료들과 함께 뒤풀이를 할 계획이었다.

하지만 동료들이 그를 배려해 주었다. 지쳤을 테니 쉬고 다음에 뒤풀이를 하자는 제안을 해준 것이다.

고마운 마음을 가지고 제안을 받아들였다.

덕분에 하루 종일 잠을 잤다.

잠깐 눈을 떴을 때는 구단에 들러 마사지를 받았다.

몸의 피로가 풀리는 게 느껴졌다.

'후아……. 어제 경기는 정말 힘들었어.'

마지막 순간, 리미트을 해제했던 것이 컸다.

그래도 노히트노런을 달성했다. 그것만으로도 지금의 피로를 보상받는 느낌이었다.

'조금 더 다가가고 있어.'

꿈의 그라운드. 거기에 있는 선수들은 하나같이 괴물들이다. 메이저리그 역사에 이름을 남긴 이가 수두룩했다.

어떻게 보면 목표가 너무 높았을 수도 있다.

하지만 한 번 잡은 목표를 다시 설정하기 싫었다.

또한 그들을 다시 한번 만나고 싶었다. 다시 만나 야구를 함께 하고 싶었다.

그게 영웅의 꿈이었다. 기록을 달성할 때마다 조금씩 다가가는 기분이었다. 비록 느린 걸음이지만 닿을 거라 자신했다.

샤워를 끝내고 라커룸에 도착한 영웅은 폰을 확인했다.

"어?"

전화가 10통 넘게 와 있었다.

이상한 일이었다.

부재 중 전화를 확인했다.

최성재와 예린 그리고 엄마와 누나에게서도 전화가 와 있었다. 그 외에도 지인들 번호가 찍혀 있었다.

"무슨 일이시지?"

전화를 걸었다.

짧은 통화음이 끝나고 상대가 받았다.

—영웅 씨!

"네, 부재 중 전화가 들어와 있던데. 무슨 일이 있나요?"

—아직 모르셨군요.

"뭘를요?"

—영웅 씨와 예린 양의 열애 기사가 떴습니다.

"예?!"

―지금 클리블랜드인데 어디시죠? 일단 만나서 이야기하도록 하죠.

"지금 구장에 있습니다."

―제가 그쪽으로 가도록 하죠.

전화를 끊었다. 멍하니 서서 생각을 정리했다. 하지만 도무지 정리가 되지 않았다.

'이게 어떻게 된 일이지?'

예린과 사귀는 사이는 아니다. 썸이 없다는 건 아니다.

그러나 사귄다고 말할 순 없었다.

"기사……!"

일단 기사부터 확인해야 했다. 포털 사이트에 접속하자 실시간 검색어가 보였다.

1위에 예린, 2위에 강영웅이란 검색어가 랭크되어 있었다.

연예 기사를 확인했다. 메인부터 두 사람의 연애 기사가 떠 있었다.

최초 기사를 내보낸 언론은 리얼 패치라는 언론사였다. 기사를 잘 보지 않는 영웅도 알고 있는 곳이었다. 많은 연예인의 열애설을 터뜨렸고 무엇보다 신빙성이 높은 증거 자료를 제시하는 곳으로 유명했다.

기사를 클릭하자 두 장의 사진이 떴다.

하나는 마이애미에서 예린과 차를 마시는 사진이었다. 두 번째 사진은 한국에서 예린하고 만났을 때의 사진이다.

'하루 이틀 붙었던 게 아니었어?'

첫 번째 사진은 올해다. 스프링캠프가 시작되기 전 만났던 사진이다. 당시에는 별다른 문제가 되지 않았었다. 시즌 초반에 열애설이 뜨기도 했지만 양측에서 사실이 아니라고 이야기했다. 무엇보다 증거가 없었다.

한데 이번에는 증거까지 제시하고 있었다.

두 번째 사진은 더 놀라웠다. 무려 2년 전 사진이었기 때문이다. 얼마나 오래부터 자신들을 관찰했는지 소름이 돋았다.

'제길······.'

아무리 사생활이 없다고 하지만 이거는 너무했다.

혹시나 싶어 댓글을 확인했다. 축하한다는 반응도 있었지만 소수에 불과했다. 대부분 부정적인 댓글이었다. 시즌 중인데 연애를 하느냐는 이야기도 있었다.

자신에 대한 부정적인 이야기들은 상관없었다.

하지만.

"이건······ 너무하잖아."

예린에 대한 댓글들은 인신공격에 가까웠다. 보는 것만으로 구역질이 날 지경이었다. 도대체 같은 사람으로서 이런 말을 할 수 있는지 의심스러웠다.

"제길······."

예린이 걱정됐다.

영웅은 그녀에게 전화를 걸었다. 하지만 전화기가 꺼져 있어 받을 수 없다는 음성이 들려왔다.

기자들의 전화를 피하기 위한 수단일 거다.

한숨이 절로 나왔다.

그때 최성재에게 전화가 걸려왔다.

─구장에 도착했습니다.

"예, 곧 가겠습니다."

일단 최성재를 만나야 했다.

구장 내의 사무실.

구단의 배려로 비어 있는 사무실을 빌렸다. 이야기를 나누기엔 최적의 장소였다.

"언론 쪽에 있는 기자들에게 들었는데 리얼 패치 쪽에서 2년 동안 준비를 한 거 같더군요."

"하……."

"그쪽에서 증거를 잡은 건 2년 전으로 보입니다. 하지만 양쪽이 더 성장할 것으로 판단하고 풀지를 않았던 모양이더군요."

2년 전.

당시 예린은 이제 막 떠오르던 걸그룹의 멤버였다.

영웅 역시 강한 임팩트를 남기긴 했지만 지금 정도의 유명세는 아니었다.

"혹시 예린이 매니지먼트와 연락이 되시나요?"

"예, 어떤 방향으로 입장 발표를 할 것인지 이야기를 나누고 있습니다."

"예린이는요? 괜찮다고 하던가요?"

"조금 충격을 받은 듯합니다. 그동안 열애설이 뜬 적이 없었기 때문에 이런 반응이 있을 거란 생각은 못 한 듯합니다."

"댓글을…… 봤나 보군요."

"예."

한숨이 절로 나왔다. 가장 걱정했던 일이 일어났으니 말이다.

"영웅 씨."

"네."

"영웅 씨가 예린 씨와의 관계를 확실하게 해주셔야 매니지먼트 쪽에서도 입장 발표를 할 수 있습니다."

최성재가 조심스레 말했다. 그로서는 조심스러울 수밖에 없었다. 시즌이 끝났다면 모를까. 현재는 시즌이 한창이었다. 이런 일은 빨리 처리해야지만 선수의 컨디션이나 멘탈에도 영향을 끼치지 않게 된다.

최성재의 생각을 알기에 영웅도 고심을 했다. 그리고 결단을 내렸다.

"일단 예린이와 통화를 하고 싶습니다."

"알겠습니다. 소속사와 연락을 해서 전화가 오게끔 하겠습니다."

"예, 부탁드립니다."

영웅은 방 안에 있었다.

전화가 쉬지 않고 울렸지만 무시했다.

대부분 기자였다. 어떻게 영웅의 번호를 알았는지 그들은 무섭도록 전화를 해댔다.

스트레스를 받을 지경이었다.

더 걱정이 되는 건 예린도 지금과 같은 상황일 것이라는 거다.

그녀가 걱정이 됐다.

영웅은 놀라웠다. 자신이 예린을 생각하는 마음이 생각보다 컸기 때문이다.

'마음이 가는대로 따라도 되지 않을까?'

때로는 이성보다 감성이 우선시 되어야 할 때도 있었다.

그게 바로 지금이었다.

영웅은 앞에 놓인 또 다른 핸드폰을 바라봤다.

예린과 연락을 하기 위해 최성재가 구해다 준 전화기였다. 이 번호를 아는 건 자신과 최성재 그리고 예린밖에 없었다.

전화가 울린다면 그녀에게서 올 것이다.

그리고 드디어 전화가 울렸다.

"여보세요?"

─오빠…….

힘없는 목소리가 들려왔다.

평소라면 활기차고 발랄한 그녀였을 텐데.

마음고생이 심하다는 게 단번에 느껴졌다.

"괜찮아?"

─네…… 괜찮아요. 외국에 있어서 그렇게까지 기자들에게 시달리지 않고 있어요.

거짓말이다.

자신조차 이렇게 많은 전화를 받고 있었다.

연예인인 그녀라면 더 심할 것이다. 게다가 입에 담긴 어려운 그 댓글들은……. 이제 20살인 그녀가 무척이나 안쓰럽게 느껴졌다.

영웅이 말이 없자 그녀가 조심스레 말했다.

─오빠…… 죄송해요.

"어?"

─시즌이 한창인데…… 괜히 저 때문에…….

목소리가 젖어가는 게 느껴졌다. 그리고 고마웠다. 이런 상황에서도 자신을 걱정해 주는 그녀의 마음 씀씀이가 말이다.

그렇기에 더욱 미안해졌다. 그녀가 잘못해서 일어난 일도 아닌데 사과를 하는 그녀가 안쓰러웠다. 그리고 보호해 주고 싶었다.

"예린아."

─네……?

"우리 사귀자."

이번 일은 그저 계기에 불과했다.

그녀와 좋은 감정을 가지고 만남을 지속해 왔다. 그동안 확실히 해오지 않았다. 멀리 떨어져 있고 공인이라는 생각이 우선했기 때문이다.

하지만 이번 일을 계기로 확실히 알게 됐다.

자신은 예린을 좋아했다.

같이 있으면 즐거웠고 행복했다. 상처를 받고 슬퍼하는 그녀를 보는 것도 싫었다.

　-네…….

예린의 대답에 영웅의 입가에 미소가 그려졌다.

다음 날.

연예란에 하나의 기사가 떴다.

[강영웅과 예린, 연애를 인정하다!]

[양 측 소속사에서 같은 시간에 연애를 인정했다. 두 사람은 일적으로 만났다가 좋은 감정을 가진 채 만남을 유지해 온 것으로 알려졌다.]

그 뒤로 만남이 이루어지게 된 계기나 자잘한 내용들이 포함됐다.

영웅은 스크롤을 내려 댓글을 확인했다.

좋지 않은 이야기들이 보였다.

막 댓글창을 닫으려는 순간, 하나의 댓글이 눈에 들어왔다.

　-연애를 하는 건 좋지만 이번 일로 강영웅 선수의 경기력에 영향이 없었으면 좋겠네요.

번개를 맞은 것 같았다.

내용에는 애정이 듬뿍 담겨 있었다.

팬이라는 생각이 들었다. 충격을 먹은 이유는 이렇게도 생각을 할 수 있다는 생각이 들었기 때문이다.

'만약 내가 다음 경기에서 좋지 않은 모습을 보인다면……'

그 화살은 예린에게 향할 수도 있었다.

그런 모습을 보고 싶지 않았다. 영웅의 눈빛이 차갑게 가라앉았다. 그 어느 때보다 강한 책임감이 느껴졌다.

영웅의 다음 등판은 원정 경기였다.

미네소타에서 열리는 트윈스와의 시리즈 두 번째 경기였다.

로열스와의 시리즈는 3 대 1로 승리를 거두었다.

덕분에 승차에 여유가 생겼다.

하지만 트윈스와의 첫 경기에서 패배를 했다. 좋은 흐름을 이어가지 못한 것이다.

오늘 경기가 중요한 이유였다.

에이스인 영웅이 패배를 한다면 팀의 분위기는 걷잡을 수 없이 나빠질 가능성도 있었다.

[1회 초 삼자범퇴로 인디언스의 공격이 끝났습니다. 이제 마운드에는 에이스 강영웅 선수가 올라왔습니다. 최근 강영웅 선수의 열애설이 화제가 되지 않았습니까?]

[맞습니다. 아이돌 가수와 열애설이 났더군요. 또 빠르게 인정도 했고요.]

[일각에서는 시즌 중에 이런 일이 벌어졌으니 강영웅 선수가 흔들릴 가능성도 있지 않을까 염려를 하고 있는데요. 어떻게 보십니까?]

[가능성이 없다고 단언할 순 없습니다. 데뷔 이후 이런 가십에 이름을 올린 게 처음이다 보니 영향이 있을 수도 있습니다.]

그런 이유로 사람들의 관심이 이번 경기에 몰렸다.

연습 투구를 끝낸 영웅의 곁으로 페르나가 올라왔다.

"공 좋네. 초구는 어떤 걸로 갈까?"

"패스트볼로 갈게."

"알았어."

초구를 결정한 뒤 페르나가 마운드를 내려왔다.

그러다 고개를 돌려 힐끔 영웅을 바라봤다.

'평소랑 뭔가 분위기가 다른데.'

무언가 날카로운 느낌이었다.

이게 좋은 건지 나쁜 건지는 알 수 없었다.

'일단 공을 받아봐야겠지.'

페르나가 캐처박스에 앉는 사이 영웅은 손에 로진을 묻히고 홈 플레이트를 밟았다.

"플레이볼!"

구심의 외침과 함께 경기가 시작됐다.

초구를 미리 결정한 이상 시간을 끌 이유는 없었다.

와인드업을 한 영웅이 초구를 뿌렸다.

쐐애애애액-!

굉장한 소리와 함께 타자의 몸 쪽을 찌른 공이 그대로 존을 통과했다.

뻐엉-!

"스트라이크!!!"

[초…… 초구 스트라이크가 됩니다! 굉장한 스피드입니다. 초구부터 구속은 무려 99마일이 찍혔습니다!]

떨어진 모자를 집는 영웅의 모습이 카메라에 잡혔다.

차갑게 가라앉은 눈빛이 보는 이들로 하여금 등골이 오싹해지게 만들었다.

2구와 3구 역시 빠른 공들이 연달아 들어갔다.

뻐억-!

"볼!"

[약간 낮은 공이 들어갑니다. 하지만 구속은 여전히 98마일이 찍힙니다! 오늘 경기 초반부터 강력한 구위로 타자를 압도하는 모습입니다!]

평소와 다르다.

공을 받는 페르나는 그걸 느끼고 있었다.

'뭔가 상대를 죽일 듯한 기세가 담겨 있어.'

일종의 살기였다.

그만큼 영웅이 오늘 경기에 임하는 가오는 대단했나.

던지는 공 하나하나에 상대를 잡아내겠다는 강한 집념이 담겨 있었다.

그리고 그 집념의 원천은 바로 예린이었다.

'내가 제대로 하지 않으면 예린이가 욕을 먹는다. 그 모습

은 볼 수 없어.'

그동안 영웅은 두 가지 이유에서 공을 던졌다.

꿈의 그라운드로 돌아가는 것. 그리고 가족들이 행복하게 살 수 있는 돈을 벌기 위해서였다.

거기에 또 하나의 이유가 추가됐다. 세 가지 이유는 영웅에게 커다란 동기부여가 되었다.

따악-!

"파울!"

[간결하게 스윙을 했지만 타구는 백네트를 흔듭니다. 아~ 배트가 부러졌나요? 새로운 배트를 가지러 갑니다.]

영웅의 집념은 그의 공을 한층 더 강하게 해주었다.

[4구 던집니다!]

와인드업을 한 영웅이 손끝에 모든 힘을 집중시켰다.

"차앗-!"

쐐애애액-!

공이 빠르게 날아갔다.

패스트볼을 노리고 있던 타자의 배트가 간결하게 돌았다.

그 순간 공이 밑으로 뚝 떨어졌다.

스플리터였다.

후웅-!

배트가 공의 위를 지나갔다. 균형이 무너지면서 주저앉은 타자의 뒤로 구심이 주먹을 불끈 쥐었다.

"아웃!"

[헛스윙 삼진! 깔끔한 스타트를 보여주는 강영웅 선수입니다!]

영웅의 피칭은 완전무결했다.

로열스와의 경기부터 15이닝 연속 노히트노런을 기록 중이었다.

6이닝 동안 1루 베이스를 허용한 건 단 한 번밖에 없었다.

사람들의 머릿속에 2경기 연속 노히트노런이란 단어가 떠올랐다.

하지만 야구는 그렇게 쉬운 스포츠가 아니었다.

따악─!

[잘 맞은 타구! 중견수 앞에서 떨어집니다. 아쉽습니다! 6이닝 동안 노히트노런을 이어오던 강영웅 선수의 기록이 깨집니다!]

[아쉽지만 정말 잘 던졌습니다. 오늘 경기 시작 부분에 했던 말을 번복하겠습니다. 강영웅 선수의 멘탈은 이 정도의 일에 흔들리지 않습니다.]

강한 멘탈을 보여준 영웅의 피칭에 사람들은 열광했다.

비난을 쏟아내던 네티즌들도 태세를 전환했다.

─역시 한국의 에이스 강영웅!

언애면 연애! 야구면 야구! 못하는 게 뭐냐?

─연애하느라 성적이 떨어질 거라 말하던 분들 어디 갔나요?

─너 정도면 우리 예린이를 만나도 된다. 흑흑…… 예린아, 오빠가 보내줄게…….

쏟아지는 댓글을 보는 예린의 입가에 미소가 그려졌다.

스마트폰을 통해 경기를 보던 예린은 크게 안도했다.

'열애설 때문에 흔들리지 않을까 걱정했는데……'

네티즌들의 악플은 참을 수 있었다.

온갖 음담패설과 인신모독에 가까운 욕설이 난무했지만 자신은 연예인이다.

참아야 했고 그래왔다.

하지만 이번에는 영웅도 연관이 되면서 걱정이 심했다. 이번 일로 영웅에게 피해가 가는 게 아닐지, 또 경기력에 문제가 생기는 건 아닐지 많은 걱정을 했다.

그런 생각이 들자 눈물이 났다.

차라리 자신이 아이돌이 아니라 일반인이었다면 이런 일이 없지 않았을까? 하는 생각이 들어서 말이다.

그때 영웅에게 연락이 왔다.

고백을 받았을 때 기쁘면서도 미안했다.

열애설을 인정한 뒤에도 그에게 섣불리 연락을 하지 못한 이유였다.

그러나 영웅은 강했다. 평소와 같은 모습으로 경기에 임하고 있었다.

'나도 언제까지나 약한 모습을 보여줄 순 없어.'

마음을 다잡은 예린이 자리에서 일어났다. 자신이 해야 할 일은 지금의 위치에서 최선을 다하는 것이다.

그리고.

'오빠를 위해서도 해야 될 일을 찾아야 돼.'

예린은 유은하가 했던 말들을 떠올리며 자신이 해야 할 일들을 정리했다.

미네소타 트윈스를 상대로 시즌 18승을 거둔 영웅은 8월에만 2개의 승리를 더 올렸다.

2년 연속 시즌 20승 고지를 밟은 것이다.

8월 초반 떠들썩했던 예린과의 열애설은 잠잠해졌다.

그의 성적이 워낙 좋은데다가 사람들의 반응도 두 사람의 열애를 인정하는 쪽으로 흘러갔기 때문이다.

하지만 악플은 여전히 달리고 있었다.

결국 참지 못한 영웅이 최성재에게 요청을 했다.

"악플러들을 고소할 수 있습니까?"

"가능합니다. 혹시 몰라서 처음 기사가 떴을 때부터의 악플을 모두 증거로 모아두고 있었습니다."

최성재는 이미 발 빠르게 움직이고 있었다.

그런 모습이 믿음직스러웠다.

"그럼 부탁하겠습니다."

"예, 예린 씨 소속사와도 협력해서 모조리 고소하겠습니다. 그리고 합의는……?"

"없습니다. 어떻게든 처벌을 받게 해주세요."

"알겠습니다."

악플러 고소는 결정타였다.

더 이상 두 사람의 기사에 악플을 다는 사람들은 없었다.

그렇게 두 사람의 열애설은 한바탕 소동으로 남았다.

이제 영웅에게 남은 건 9월 4번의 등판이었다.

그리고 인디언스의 디비전 시리즈 진출이 남아 있었다.

현재 인디언스는 디비전 시리즈까지 4승을 남겨두고 있었다.

따악-!

박형수의 스윙이 매섭게 돌아갔다.

정확히 스위트 스폿에 맞은 공이 빠르게 날아가 그대로 좌측 담장을 넘겨 버렸다.

[넘어갔습니다! 8회 말 역전 투런포를 터뜨리는 박형수 선수!! 오늘 경기 처음으로 리드를 잡는 인디언스입니다!]

스코어는 4 대 3.

더그아웃이 바빠졌다.

투수 코치는 불펜으로 전화를 걸었고 수비 코치는 밀러 감독과 함께 다음 이닝의 수비를 준비했다.

더 이상 점수를 나지 않고 8회 말이 마무리됐다.

마운드에는 인디언스의 붙박이 마무리 투수인 아담 윌슨이 올라왔다.

[인디언스의 마운드가 교체됩니다. 마무리 투수 아담 윌슨이 올라오는군요.]

[작년에 이어 올해 역시 아담 윌슨은 뛰어난 활약을 보여 주고 있습니다. 43세이브를 올리며 본인의 최다 세이브를 갱신했습니다. 블론 세이브도 2번밖에 없을 정도로 뛰어난 세

이브 능력을 보유하고 있습니다.]

마무리로 전향한 아담 윌슨은 인디언스에서는 없어선 안 될 존재가 됐다.

그가 있기에 9회를 두려워하지 않아도 됐다.

오늘 경기에서도 윌슨은 뛰어난 피칭을 보여주었다.

쐐애애액–!

뻐억–!

"스트라이크!! 배터 아웃!"

[6구 만에 삼진을 잡아내는 윌슨! 결정구는 슬라이더였습니다!]

[우타자에게 백도어성으로 들어가는 저 슬라이더는 매우 좋은 공입니다. 사이드 암으로 던지기 때문에 타자는 몸으로 공이 온다고 생각이 들기 때문이죠.]

아웃 카운트 하나를 잡아낸 윌슨은 두 번째 타자를 4구 만에 중견수 뜬공으로 돌려세웠다.

[순식간에 투 아웃을 잡아내는 윌슨 선수! 승리까지 남은 아웃 카운트는 단 하나입니다!]

무심한 얼굴로 마운드에 선 윌슨이 타자를 바라봤다.

대타로 들어선 좌타자였다. 좋은 타자는 아니었지만 파워가 있었다.

한 방을 노린 기용이었다.

'어림없지.'

윌슨이 자신감을 가지고 초구와 2구를 연달아 뿌렸다.

뻐엉–!

"스트라이크!"

후웅-!

퍽-!

"스트라이크!! 투!"

[유리한 카운트를 잡아내는 윌슨!]

[배트가 공의 스피드를 따라오지 못하고 있습니다. 결정구도 패스트볼로 가는 게 좋아 보입니다.]

하지만 윌슨의 선택은 변화구였다. 그의 주 무기인 슬라이더를 택했다.

"차앗-!"

강하게 공을 뿌렸다.

빠르게 날아가던 공이 제대로 꺾이면서 스트라이크존을 파고들었다.

그 순간 타자의 배트가 매섭게 돌았다.

따악-!

배트의 중심에 공이 맞았다. 강하게 맞은 타구가 윌슨의 정면으로 날아왔다. 윌슨이 깜짝 놀라며 오른손으로 얼굴을 막았다.

퍽-!

"악!"

[아앗! 타구가 윌슨 선수를 강타했습니다! 비명을 지르며 윌슨이 쓰러집니다!]

마운드 위에 쓰러진 윌슨이 급하게 공의 위치를 찾았다.

다행히 멀리 튀어 나가진 않았다.

다급히 몸을 던져 공을 잡아 1루에 던졌다.

하지만 제대로 힘을 쓸 수 없었는지 공이 투 바운드가 되어 1루수 앞으로 굴러갔다.

박형수는 몸을 있는 힘껏 뻗어 공을 낚아챘다.

픽—!

뒤이어 주자가 베이스를 밟았다.

"아웃!"

[경기 끝났습니다! 집념으로 마지막 아웃 카운트를 잡아내는 아담 윌슨! 하지만 고통에 마운드에서 일어나지 못합니다!]

중계 화면이 마운드에서 신음을 흘리는 윌슨을 잡았다.

척 보기에도 심상치 않은 부상임을 말해주고 있었다.

윌슨은 곧장 병원으로 향했다. 벌써 2시간이 지났지만 아직 소식이 오지 않고 있었다.

영웅을 비롯해 많은 사람이 걱정하며 결과를 기다렸다. 곧 동행했던 밀러 감독과 투수 코치가 호텔로 돌아왔다.

"어떻게 됐습니까?"

영웅이 물었다.

선수들의 시선이 밀러 감독에게 집중됐다.

"검지가 부러졌다더군."

"허……."

안타까운 한숨이 터져 나왔다.

공이 맞은 위치가 정말 좋지 않았다. 손바닥에 맞았다면 그나마 다행일 수도 있다.

하지만 손가락에 맞으면서 충격이 줄어들지 않았다.

검지에 맞았다면 더 이상 공을 던질 수 없다. 게다가 부러 졌다면 올 시즌 더 이상 윌슨이 마운드에 설 수 없게 된다.

"일단 다들 쉬도록 해. 내일도 경기가 있으니까 말이야."

"알겠습니다."

동료가 부상을 입었다.

하지만 그런 일로 경기는 멈추지 않았다.

선수들은 내일을 위해 다시 휴식을 취해야 했다.

영웅은 착잡한 마음을 안은 채 숙소로 돌아갔다.

내일 경기의 선발은 영웅이었다.

[인디언스의 마무리 아담 윌슨 검지 골절로 전치 8주의 진단!]

[사실상 시즌 아웃이 된 윌슨을 대신해서 잭슨이 마무리를 맡을 것으로 예상된다.]

언론들이 기사를 쏟아냈다.

잭슨은 올 시즌 대부분 셋업맨으로 경기에 등판해 2승 37 홀드를 기록했다.

평균 자책점은 1.72.

100마일에 육박하는 빠른 공을 장점으로 내세우며 차세대 인디언스의 마무리로 평가받았다.

그렇기에 언론들은 크게 걱정을 하지 않았다.

셋업맨에서 좋은 모습을 보여주었기에 마무리에서도 잘 적응할 것이라 예상을 했다.

하지만 마무리와 셋업맨은 전혀 다른 보직이었다.

뻐엉-!

"스트라이크!! 배터 아웃!"

[삼진입니다! 8회에도 2개의 삼진을 추가하며 무실점 피칭을 한 강영웅 선수! 동료의 부상이 있지만 전혀 영향을 받지 않는 모습입니다!]

[멘탈이 강하다는 건 이미 잘 알려져 있지 않습니까? 그런 일로 강영웅 선수가 흔들리지 않을 것이라 생각했습니다.]

더그아웃으로 돌아온 영웅에게 밀러 감독이 다가왔다.

"오늘은 이쯤에서 마무리하도록 하지."

"알겠습니다."

스코어는 2 대 0이었다.

3안타를 맞은 상황에서 더 이상 던지는 건 무의미했다.

마지막은 잭슨에게 맡기면 됐다.

영웅이 고개를 끄덕이자 밀러 감독이 투수 코치에게 지시를 했다.

불펜으로 연락을 넣자 잭슨이 마지막으로 몸을 풀었다.

뻐엉-!

"좋아, 어깨는 다 풀렸어?"

"네."

잭슨이 고개를 끄덕였다.

"너무 부담은 갖지 말고 평소처럼 던지기만 해. 어차피 셋업맨이나 클로저나 3개의 아웃 카운트를 잡는 건 똑같으니까 말이야."

불펜 코치가 잭슨의 긴장을 풀어주기 위해 노력했다.

고개를 끄덕인 잭슨의 시야에 마지막 아웃 카운트가 올라가는 게 보였다.

"좋아, 경기를 끝내고 오도록 해!"

"예!"

강하게 대답한 잭슨이 마운드로 향했다.

[9회 초! 경기를 끝내기 위해 잭슨 선수가 마운드에 올라옵니다!]

3장
포스트시즌을 위한 전력질주

올 시즌 첫 마무리 상황이었다.

긴장될 상황이었지만 홈에서의 경기였기에 표정은 여유로웠다.

'셋업맨과 달라질 건 별로 없다. 아웃 카운트 세 개만 잡으면 돼!'

불펜 코치의 조언을 다시 떠올렸다.

연습 투구를 끝내자 타자가 타석에 들어섰다.

상위 타선으로 이어지긴 하지만 잭슨은 자신의 공에 자신감을 가지고 있었다.

"후우……."

깊게 심호흡을 하고 초구를 뿌렸다.

쐐애애액-!

뻐엉-!

"스트라이크!!"

[초구 100마일의 공이 미트에 꽂힙니다! 이야, 여전히 강력한 공이네요.]

[정말 좋은 공을 가지고 있습니다. 마이너리그에 내려갔다 온 뒤로 공이 더 좋아졌습니다.]

초구가 제대로 들어가자 잭슨은 자신감을 얻었다.

연달아 빠른 공을 던져 투 스트라이크를 만들었다.

3구는 커트를 당하긴 했지만 상관없었다.

'마지막 공은…….'

그의 주 무기인 커브 그립을 잡았다.

100마일의 빠른 공을 던지다가 나오는 70마일 대의 커브는 타자를 유혹하기에 충분했다.

휘리릭-!

큰 포물선을 그리며 날아오는 공에 타자의 배트가 돌았다.

하지만 패스트볼을 노리고 있었기에 공을 맞히기엔 무리였다.

후웅-!

퍽-!

"스트라이크! 배터 아웃!"

[첫 타자를 깔끔하게 삼진으로 처리하는 잭슨입니다!]

[마무리로도 좋은 모습을 보여주네요.]

하나의 아웃 카운트지만 자신감을 얻기에 충분했다.

문제는 두 번째 타자에게서 터졌다. 투 스트라이크까지 빠르게 잡은 잭슨은 세 번째 공으로 다시 커브를 선택했다.

이번에도 타자의 타이밍을 뺏기에 완벽했다. 한데 타자가 스윙을 늦추면서 배트의 끝에 공을 맞췄다.

따악-!

[빠른 타구가 유격수 방향으로 굴러갑니다!]

속도가 빠르긴 했지만 평범한 그라운드볼이었다. 안정적으로 잡아서 1루에 송구를 하면 될 일이었다.

자세를 낮추고 공을 잡으려는 그때였다.

공이 갑자기 바운드가 크게 튀었다. 급하게 자세를 일으키면서 글러브를 뻗었다.

그게 실수였다.

퍽-!

글러브에 맞은 공이 옆으로 튕겨나갔다.

"제길!"

급하게 달려가 공을 잡았지만 이미 주자가 1루에 도착한 뒤였다.

"하⋯⋯."

[아-! 여기서 실책이 나옵니다! 불규칙 바운드가 일어나면서 공을 놓치고 말았습니다!]

[기분 나쁜 출루가 됐네요.]

기록은 에러가 됐다.

자주는 아니시만 간혹 발생되는 일이다.

잭슨도 크게 신경을 쓰지 않았다.

유격수인 파렐에게 괜찮다는 제스쳐를 취하며 공을 받았다.

그 순간 불펜이 눈에 들어왔다.

평소라면 볼 일이 없는 불펜이었지만 오늘따라 눈에 들어왔다.

그곳에는 있어야 될 사람이 없었다.

바로 월슨이었다.

잭슨이 마운드에 오르는 순간이면 언제나 월슨이 저곳에서 몸을 풀고 있었다.

다음을 준비하기 위해서 말이다.

한데 오늘은 없었다. 뒤를 지켜주는 사람이 없단 소리였다.

두근—!

거기까지 생각이 미치자 순간 가슴이 두근거렸다.

호흡이 가파졌다.

갑자기 긴장이 되기 시작한 것이다.

자신이 경기를 끝내지 못하면 질 수 있다.

동료들이 8이닝 동안 노력해 온 게 수포가 될 수 있다는 압박감이 엄습했다.

"후우…… 후우……."

거칠게 숨을 내쉬던 잭슨이 세 번째 타자를 상대로 초구를 던졌다.

아직 긴장이 해소되지 않은 상황에서 던진 공은 제대로 날아가지 않았다.

구속은 어느 정도 나왔지만 공의 회전이 적었다.

즉, 구위가 떨어졌다는 소리다. 그런 공은 타자에게 있어 배팅 볼이나 다름없었다.

따악—!

[맞았습니다! 높게 뜬 타구! 그대로 우측 담장을 넘어갑니다!! 9회 초 원 아웃을 잡은 상황에서 투런 홈런을 허용하는 잭슨 선수입니다! 스코어는 5 대 4! 역전입니다!]

최악의 결과가 나왔다.

최종 스코어 7 대 4.

잭슨은 연속 홈런과 안타를 허용했다.

순식간에 점수 차는 벌어졌지만 밀러 감독은 잭슨을 고집했다.

정확히 이야기하면 투수가 준비되지 않았다. 잭슨이 이렇게 무너질지 몰랐기 때문이다.

영웅의 승리도 날아갔다.

하지만 영웅은 크게 개의치 않았다.

오히려 더 걱정인 건 잭슨의 상태였다.

'꽤나 안 좋아 보이던데.'

경기 후, 잭슨은 충격을 받은 모습이었다.

스스로도 실망을 했을 것이다.

셋업맨으로 전환한 이후 잭슨은 웬만해선 무너지지 않았다.

언제나 믿음직한 선수였다.

본인 역시 스스로에 대한 믿음을 가지고 있었다. 그렇기에 충격은 더 컸다.

하지만 한 경기에 모든 게 무너질 정도로 약하진 않았다.

쐐액-!

뻐억-!

"스트라이크! 배터 아웃!"

[헛스윙 삼진! 이틀 전에는 블론 세이브를 기록했지만 오늘 경기에선 실점을 하지 않고 이닝을 마감합니다!]

스코어는 5 대 0.

완벽히 인디언스의 리드에서 등판을 했다.

직전 경기에 대한 충격을 떨쳐 내라는 밀러 감독의 배려였다.

잭슨은 자신의 역할을 충실히 해냈다. 언론들은 그가 돌아왔다는 기사를 내면서 기대를 품었다.

'불안한데.'

하지만 영웅은 불안한 얼굴로 잭슨을 바라봤다.

내용면에서 보면 오늘 피칭은 좋았다.

'첫 타자, 투 스트라이크를 먼저 잡고 유인구 두 개를 던졌다. 하지만 배트가 나오지 않았고 5구에서 던진 패스트볼에 배트가 밀리면서 중견수 뜬공.'

좋은 스타트였다.

원래 잭슨은 유인구로 삼진을 잡는 타입이 아니다.

패스트볼 위주로 피칭을 한다.

상대를 압도하면서 삼진을 챙기는 것이 잭슨의 타입이었다.

그 패스트볼을 강하게 해주는 것이 커브였다.

'문제는 오늘 패스트볼의 회전이 약했다.'

중계 화면으로 봐도 충분히 알 수 있는 대목이었다. 아마도 코칭스태프 역시 눈치를 챘을 것이다.

'아직 충격에서 벗어나지 못했다.'

투수는 민감하다.

야구계의 정설이다.

그렇기에 보직을 변경할 때도 꽤 오랜 시간 공을 들인다.

구단에서도 잭슨을 마무리로 키울 생각이었다. 올 시즌 큰 점수 차에 마지막 투수로 간간히 등판했던 이유다.

하지만 그는 아직 준비가 되어 있지 않았다.

경기를 끝내야 하는 클로저가 될 준비 말이다.

영웅의 예상대로였다.

잭슨은 또 한 번 블론 세이브를 기록했다.

이번에는 3점 차의 리드를 등에 업은 상황이었다.

밀러 감독도 확신을 했다.

'큰 점수 차에는 익숙하다. 하지만 세이브 상황에선 멘탈이 흔들리고 있어.'

답을 알았지만 선택지는 많지 않았다. 다행히 디비전 시리스까지 남은 건 단 2승.

'여러 카드를 준비해야 돼.'

잭슨이 살아나면 다행이지만 불가능할 수도 있다.

한 장의 카드만 보고 도박을 하는 건 감독으로서는 최악의 선택이었다.

밀러 감독은 다양한 선택지를 만들었다.

얼마 전 확장 로스터가 적용됐다. 덕분에 마이너리그에서
도 다양한 선수가 올라왔다.

그중에는 실험해 볼 투수들도 있었다.

하지만 확실하진 않았다. 당장 정규 시즌에선 문제가 되지
않아도 단기전에선 약점이 될 게 분명했다.

단기전에서는 투수 싸움이다.

선발은 물론이거니와 불펜도 무척 중요했다.

"제길…… 윌슨이 여기서 부상을 입을 줄이야."

생각지도 못했던 일에 스트레스가 심해지고 있었다.

같은 시각. 영웅은 실내 불펜장에 들어섰다.

팡–!

팡–!

불펜장에는 이미 여러 투수가 나와 몸을 풀고 있었다.

기존의 선수들 그리고 이번에 마이너리그에서 콜업이 된
선수들도 보였다.

'새로운 팀에 온 거 같네.'

마이너리그 선수들은 열정적이었다.

어렵게 잡은 기회에서 어떻게든 자신들의 가치를 보여주
기 위해서 말이다.

그런 마이너리그 선수들 사이에서 공을 던지는 메이저리그 선수가 보였다.

잭슨이었다.

그는 공 하나하나에 집중을 하며 던지고 있었다.

좀처럼 원하는 공이 나오지 않는 듯 고개를 젓는 모습이 자주 보였다.

"잭슨!"

영웅이 다가가 그를 불렀다.

"왔어?"

"일찍 나와서 연습하네. 언제부터 한 거야?"

"한 시간 정도 됐나?"

"한 시간이나? 그러다가 어깨에 무리 간다. 부상 조심해서 해."

"너무 집중해서 하다 보니 이렇게 됐네. 이제 슬슬 정리해야겠다."

잭슨이 글러브를 벗었다.

반대로 글러브를 착용하던 영웅이 불펜 포수를 향해 가볍게 공을 던졌다.

팡-!

경쾌한 소리가 울려 퍼졌다.

"저기…… 강."

"응?"

"네 승리를 날려 버려서 미안하다."

이틀 전.

잭슨은 또 한 번 블론 세이브를 기록했다.

당시 승리 투수 요건을 갖추었던 건 영웅이었다.

7이닝 무실점.

완벽투를 펼치고도 승리가 날아갔다.

벌써 두 번째다.

올 시즌 자신의 커리어하이를 기록 중인 영웅의 최다승은 날아간 상황이었다.

앞으로 2번의 등판이 예약된 상황.

모두 승리를 올리더라도 본인의 최다승을 갱신할 수 없었다.

하지만 영웅은 대수롭지 않게 말했다.

"너무 신경 쓰지 마. 네가 지켜준 승리가 더 많다."

"……고맙다."

잭슨이 짐을 챙겨 불펜장을 나갔다.

"하…….."

뒷모습이 무척이나 쓸쓸해 보였다.

셋업맨으로 자리를 잡은 뒤 언제나 강한 모습을 보여주던 잭슨이다. 그렇기에 더더욱 마음이 갔다.

'잭슨이 흔들리는 이유는 심리적인 부분이다. 해결해 주기 위해선 그 이유를 알아야 돼.'

나름대로 잭슨이 흔들리는 이유에 대해 고민했던 영웅이다.

자신의 일도 아닌 남의 일에 이렇게 고민하는 이유는 하나였다.

바로 동료이기 때문이다. 자신과 비슷한 시기에 같이 성장해 온 잭슨이다.

당연히 마음이 갈 수밖에 없었다.

"마이클! 미안한데 오늘 연습은 넘길게요."

"그래, 알았어!"

불펜 포수에게 양해를 구하고 잭슨의 뒤를 따랐다.

잭슨이 흔들리는 이유를 알았다.

처음에는 고민을 털어놓지 않던 그였지만 답답했던지 곧 이야기를 꺼냈다.

"처음에는 괜찮았어. 평소와 같다고 생각했지. 하지만 내 뒤에 지켜줄 윌슨이 없다는 걸 깨달은 순간 무섭더군. 경기에서 이기기 위해 동료들이 노력한 시간이 내 어깨에 달려 있다는 사실이 말이야."

사실 잭슨만의 고민이 아니다.

많은 마무리 투수가 마무리 상황에 대한 압박감을 느낀다.

한국의 유명한 마무리 투수였던 오승택은 이런 인터뷰를 하기도 했었다.

"마무리와 셋업맨의 차이는 내 뒤에 누군가 없다는 압박감을 견딜 수 있냐의 차이입니다. 그 압박감은 경험해 보지 못한 사람이라면 알 수 없습니다."

오직 마무리만이 알 수 있는 그 압박감을 영웅은 몰랐다.

하지만 잭슨의 고민을 알았다. 그리고 좋은 생각이 머리를 스치고 지나갔다.

잭슨과 헤어진 영웅은 감독실로 향했다.

똑똑-!

"들어와."

문을 열고 안으로 들어갔다. 밀러 감독은 의외라는 듯 영웅을 바라봤다.

"자네가 웬일인가?"

"잭슨과 관련해서 상의드릴 일이 있습니다."

"잭슨? 일단 앉지."

생각지 못한 이름이 나오자 밀러 감독의 눈이 빛났다.

마주 보고 앉자 영웅이 본론을 꺼냈다.

"잭슨의 현재 슬럼프를 해결할 방법이 있습니다."

"그래?"

자신 역시 그것에 대해 고민하고 있던 차였다.

영웅이 꺼내는 이야기에 귀를 기울였다.

"그 방법은……."

한참 동안 영웅의 설명이 이어졌다. 그 이야기를 듣던 밀러 감독의 눈이 빛났다.

"그거 좋은 아이디어로군. 좋아, 그럼 그렇게 준비하도록 하지."

밀러 감독이 영웅의 의견을 받아들였다.

[인디언스와 보스턴 레드삭스의 시즌 마지막 경기가 진행되고 있는 펜 웨이 파크입니다. 두 팀의 경기가 타이트하게 이어지고 있습니다.]

스코어는 1 대 0.

페르나의 솔로 홈런으로 인디언스가 앞서고 있었다.

딱―!

"아웃!"

[박형수 선수가 중견수 뜬공으로 물러납니다. 잠시 후 9회 말로 찾아오겠습니다.]

"잭슨! 슬슬 나가자."

"예."

불펜에서 몸을 풀던 잭슨이 한숨을 깊게 내쉬었다.

타이트한 상황.

벌써부터 몸이 떨려왔다. 오늘 경기를 이기면 디비전 시리즈 진출을 확정짓는다. 구단의 입장에선 하루라도 빨리 확정짓는 게 중요했다.

그래야 다른 선수들을 실험할 기회가 많아지니까 말이다.

하지만 잭슨은 거기까지 생각할 겨를이 없었다. 막아야 된다는 압박감밖에 없었다. 그가 마운드로 향하자 불펜으로 한 선수가 들어섰다.

그것을 보지 못하고 잭슨은 마운드에 섰다. 연습 투구를 하는 그의 호흡은 여전히 가팔랐다.

곧 카메라에 불이 들어왔다.

중계가 시작된 것이다.

[마운드에 잭슨 선수가 올라왔습니다. 마무리로 보직이 이동되면서 불안한 모습을 보이고 있는데요. 일각에선 마무리의 교체가 있어야 되지 않나? 라는 의견이 나오고 있습니다.]

[마무리는 강심장이 반드시 필요합니다. 아쉽게도 잭슨 선수는 그런 강심장을 가진 선수는 아닌 것으로 보입니다.]

세간의 평가도 그랬다.

그때 카메라가 불펜을 비추기 시작했다.

"어?"

때마침 연습 투구를 끝낸 잭슨도 로진을 손에 묻히다 불펜에서 공을 던지는 선수를 발견했다.

[이게 어떻게 된 일일까요? 불펜에서 강영웅 선수가 공을 던지고 있습니다!]

그는 다름 아닌 영웅이었다.

'어떻게 된 거지?'

지금 상황이 이해되지 않았다.

마무리는 자신이다. 한데 왜 영웅이 저곳에 있단 말인가?

그때 페르나가 마운드를 방문했다.

"강이 전해 달라더군."

"어?"

"네 뒤에는 내가 있다. 여차하면 내가 올라가니 마음껏 던지라고 말이야."

잭슨은 얼마 전 일이 떠올랐다.

영웅과 슬럼프에 관해서 이야기를 했었다.

오늘 그가 하는 행동이 자신을 위한 것이라는 걸 알 수 있었다.

"마음껏 던져라."

페르나는 한마디를 남기고 마운드를 내려왔다.

잭슨은 한참 동안 불펜을 바라봤다.

공을 던지는 영웅의 모습은 그 어떤 투수보다 믿음직스러웠다.

메이저리그를 정복한 그가 뒤를 지키고 있다.

'날 위해서……'

공을 강하게 쥐었다.

마음을 다잡은 잭슨이 홈 플레이트를 밟았다.

[강영웅 선수가 불펜에서 공을 던지는 이유에 대해서는 취재를 해본 뒤 알려드리도록 하겠습니다.]

사정을 모르는 중계진은 상황을 정리했다.

하지만 댓글은 여전히 폭발적으로 올라오고 있었다.

-하루라도 빨리 디비전 시리즈 진출을 확정지으려고 하는 거 아니겠음?

-그래도 이건 혹사지. 선발로 풀 시즌을 치른 영웅이를 이 시점에 불펜으로 전환하는 건 아니다.

-동의. 페넌트레이스에서도 이런 식으로 기용하면 포스트시즌은 얼마나 혹사시키려고?

─설마 남은 시즌 내내 마무리로 기용하겠냐? 오늘 경기만 이렇게 하겠지.

─선발로 잘했다고 마무리에서 잘하는 게 아님. 보직이 달라지면 그에 따른 적응 기간이 필요해. 무작정 변경하는 건 아니지. 게다가 선발 등판이 3일 전인데. 이건 무리라고 본다.

여러 의견이 나왔다.

대다수가 우려가 담긴 의견이었다.

하지만 현장에 있는 영웅은 그런 이야기를 들을 수 없었다.

"던진다."

그때 잭슨이 와인드업을 했다. 영웅도 공을 던지는 걸 멈추고 그라운드를 주시했다.

크게 팔을 돌린 잭슨이 공을 뿌렸다.

쐐애애액─!

몸 쪽을 파고든 공이 그대로 미트에 꽂혔다.

퍼엉─!

"스트라이크!!"

[초구 100마일의 빠른 공이 미트에 꽂힙니다!]

첫 타자를 상대로 빠른 공으로 승부를 했다.

자신의 공을 던지는 잭슨의 모습에 관중들이 박수를 보냈다.

하지만 한편으로는 불안한 마음도 있었다.

잭슨이 무너지는 패턴이 나오는 건 원 아웃을 잡은 뒤였다.

원 아웃을 잘 잡은 뒤에는 많은 안타를 맞으면서 점수를 내주었다.

오늘도 원 아웃을 잡는 것까지는 같았다.

뻐엉-!

"스트라이크!! 배터 아웃!"

[96마일의 컷 패스트볼에 배트 헛돕니다! 원 아웃!]

아웃 카운트를 잡아낸 잭슨.

이제부터 중요한 순간이었다.

그 역시 잘 알고 있었다.

자신이 무너지는 게 지금부터라는 걸 말이다.

'오늘은 떨리지 않아.'

뒤에 영웅이 대기하고 있어서 그런 걸까? 떨리지 않았다.

로진을 손에 묻힌 그의 시선이 불펜을 향했다. 그곳에 서서 마운드를 바라보는 영웅과 눈이 마주쳤다.

마치 널 믿는다라는 듯한 눈빛이었다. 착각일 수도 있다.

그렇게 생각하고 싶은 걸 수도 있다. 하지만 그거면 충분했다.

'내 뒤에는 메이저리그 최고의 투수가 기다리고 있다.'

잭슨이 마운드에 섰다. 표정에선 망설임은 보이지 않았다.

사인을 교환한 잭슨이 와인드업을 했다. 크게 다리를 차올린 그의 팔이 채찍처럼 뻗어 나왔다. 활처럼 휘어진 그의 상제에서 뿜어져 나온 힘이 손끝으로 이동했다.

"핫!"

단발마의 기합 소리가 그라운드를 울렸다.

손끝을 떠난 공이 매서운 회전과 함께 미트를 향해 날아갔다.

그사이 공을 낚아채기 위한 배트가 매섭게 돌았다.

간결하면서도 힘이 담겨 있는 스윙이었다.

힘 대 힘의 대결.

공과 배트가 만나는 순간 타자의 손목에 강한 충격이 전해졌다.

따악-!

경쾌한 소리와 함께 타구가 날아갔다.

하지만 뻗지 못하고 내야에 높게 떠올랐다.

"마이!!"

2루수가 소리치며 자리를 잡았다.

하염없이 떠오르던 공이 천천히 속도를 줄이더니 곧 추락하기 시작했다.

퍽-!

2루수의 글러브에 공이 안정적으로 들어갔다.

"아웃!"

2루심의 외침에 잭슨이 작게 주먹을 쥐었다.

[2루수 뜬공으로 투 아웃을 올립니다!]

힘과 힘의 대결에서 이겼다.

그렇기에 잭슨은 자신의 공에 더 강한 믿음을 가질 수 있었다.

이날.

잭슨은 10개의 공을 던지며 세 개의 아웃 카운트를 훌륭하게 잡아냈다.

최고 구속은 101마일로 시즌 첫 세이브를 기록하게 됐다.

또한 이날 승리로 인디언스는 디비전 시리즈 진출을 확정했다.

잭슨은 빠르게 안정을 찾아갔다.

그가 터프 세이브도 기록하고 총 세 번의 세이브를 기록했을 때, 영웅은 더 이상 불펜에서 대기를 하지 않았다.

그럴 이유가 없어진 것이다.

팀이 다시 정상의 궤도를 찾아갈 때쯤.

페넌트레이스는 끝나가고 있었다.

어느덧 영웅의 마지막 등판도 하루 전으로 다가왔다.

웬만하면 등판 전날 움직이지 않던 영웅이 집을 나섰다.

차를 몰고 도착한 곳은 인디언스 구단의 지정 병원이었다.

안으로 들어서 익숙한 걸음으로 병실을 찾았다.

똑똑-!

"들어오세요."

여인의 목소리에 문을 열었다.

안에 들어서자 중년의 여성과 10대로 보이는 여자아이가 보였다. 그리고 침대에 누워 있는 남자가 눈에 들어왔다.

"어머, 오셨어요?"

"오빠!"

두 여인이 영웅을 반겨주었다.

곧 남자도 상체를 일으키며 환하게 웃었다.

"왔나?"

그는 아담 윌슨이었다.

부상 이후 수술을 한 그의 오른손은 붕대로 감겨 있었다.

"그럼 이야기 나누세요."

윌슨의 부인이 눈치껏 자리를 비켜주었다.

딸 역시 그런 부인을 따라 자리를 피했다.

"몸은 좀 어때요?"

"많이 좋아졌다. 수술도 잘됐고 이제 재활이나 열심히 해야지."

윌슨의 부상은 심각한 편은 아니었다.

재활만 잘하면 공을 던지는 데도 문제가 없을 거란 평가였다. 정작 문제는 그의 나이였다. 30대 중반을 넘은 윌슨이 재활을 이겨낼 수 있을지 의문이었다.

언론에서도 그가 은퇴할 수도 있단 이야기를 하고 있었다.

너무 늦게 꽃핀 윌슨에게는 잔혹한 이야기였다.

"빨리 나아서 내년에는 또 우리 뒷문을 막아주세요."

"그래야지."

영웅은 어두운 이야기는 하지 않았다. 부상을 입은 선수에게 마이너스적인 이야기를 하는 건 좋지 않았다.

꿈의 그라운드에서 들었던 부상 경험담들을 통해 알게 된 사실이다.

부상을 입은 선수는 외톨이가 된 느낌이다.

특히 시즌 중이라면 더더욱 그렇다.

동료들은 열심히 경기를 하고 있는데 혼자 병실을 지키고 있다는 것이 고립감을 느끼게 한다.

무인도에 혼자 떨어진 느낌이랄까?

그런 이야기를 들었기에 영웅은 간간히 윌슨의 병실을 찾았다. 와서 하는 이야기는 별거 없었다. 그냥 일상적인 이야기, 최근 경기에 대한 이야기를 했다.

평소라면 말이다.

"내일 등판이 마지막이지?"

"예, 끝나고 나면 디비전 시리즈를 대비해야 되니까 아마 올 시간이 없을 거예요."

"포스트시즌에 집중해야지. 체력 관리를 잘해야 돼. 언제 어디서 등판하게 될지 모르니까."

"예."

포스트시즌은 단기전이다.

단기전에서는 언제 어디서 등판을 하게 될지 모른다.

승리 하나가 중요하기 때문에 하루 간격으로 등판을 하는 일이 벌어질 수도 있었다.

시간을 확인한 영웅이 자리에서 일어났다.

"이제 슬슬 가 볼게요."

"그래, 다음에 올 때는 반지 가져오도록 해."

월드시리즈 우승을 하면 챔피언 반지를 받게 된다.

반지를 가져오라는 건 그런 의미였다.

"알았어요. 갈게요!"

중요한 이야기가 오간 건 아니다.

하지만 월슨은 영웅이 방문해 준 것만으로도 고마웠다.

지금까지 함께한 동료를 위한 배려였기 때문이다.

'고맙다.'

나가는 영웅의 뒷모습에 인사를 한 월슨이 창밖을 바라 봤다.

어느덧 쌀쌀해진 날씨였다.

가을이 오고 있었다.

[강영웅 선수가 시즌 마지막 등판에서 승리 투수가 됐습 니다.]

2022시즌.

영웅의 공식 일정이 마무리됐다.

33경기에 등판한 영웅은 그중에 23승을 올렸다.

패배는 고작 3패로 얼마나 많은 승리를 인디언스에 안겨 주었는지 알 수 있었다.

경기당 평균 7.3이닝을 던졌고 시즌 240이닝을 소화하며 양대 리그 최고의 이닝 이터로 등극했다.

탈삼진은 무려 331개를 기록, 한 경기당 12.4개의 탈삼진 을 기록했다.

이 역시 양대 리그 최다 기록이었다.

영웅은 모든 성적에서 작년을 뛰어넘었다.

특히 이닝과 탈삼진을 대폭 상승시켰다.

언론들은 인디언스 구단이 시즌이 끝난 뒤 영웅과 다년 계약을 맺을 거란 전망도 내놓았다.

하지만 계약 이야기는 아직 일렀다. 페넌트레이스는 종료됐지만 아직 디비전 시리즈가 남았으니 말이다.

올해 아메리칸리그에서 디비전 시리즈를 치르는 팀은 아래와 같았다.

클리블랜드 인디언스 VS 토론토 블루제이스

시애틀 매리너스 VS 보스턴 레드삭스

인디언스에서는 디비전 시리즈 1차전 선발로 영웅을 내정했다.

본격적인 가을야구의 시즌이 도래했다.

디비전 시리즈를 하루 앞둔 날.

영웅은 예린과 통화를 하고 있었다.

−그래서 요즘 신곡 준비를 하고 있어요. 이번 앨범 노래가 정말 역대급으로 좋다니까요? 앨범 나오면 오빠한테 처음으로 줄게요!

이틀 전에도 통화를 했건만 하고 싶은 말이 끊이지 않는 예린이었다.

"기대하고 있을게. 요즘 몸은 좀 어때?"

얼마 전, 악플 사건으로 꽤 마음고생이 심했던 예린이다.

어린나이에 받은 마음의 상처는 쉽게 낫지 않는다.

겉으로는 내색하지 않지만 그녀가 걱정되는 영웅이었다.

-저 건강한 거 아시잖아요! 걱정하지 마세요. 오빠는 디비전 시리즈 잘 준비하고 계세요?

"응, 컨디션이 최고조야."

-헤헤, 다행이다. 오빠! 내일 등판해야 되니까 통화 그만해요! 조금이라도 쉬어야죠!

"더 통화해도 돼."

-아니에요! 쉬는 게 좋아요! 내일 경기 파이팅해요!

"그래, 고마워. 너도 너무 무리하지 말고."

-네! 그리고…….

약간의 침묵이 지나갔다.

-사랑해요…… 오빠!

"나도 사랑해."

-오빠 파이팅!!

오글거리는 대화를 주고받은 두 사람이 전화를 끊었다.

통화가 꺼진 전화를 한참 동안 바라보던 영웅이 피식 웃었다.

'웹툰 같은 데서 이런 거 보면 오글거렸는데. 내가 하고 있네.'

정작 본인의 일이 되니 그런 감정은 없었다.

그저 좋을 뿐이었다.

"후우…… 이제 곧이구나."

디비전 시리즈까지 남은 시간은 18시간.

영웅은 수첩을 끝내 내용을 확인했다.

빼곡하게 적힌 내용들 중 포스트시즌 관련 조언들을 펼쳤다.

거기에는 레전드 플레이어들이 경험했던 가을야구에 대한 경험담 그리고 조언이 담겨 있었다.

그중에 밥 펠러의 조언을 확인했다.

"포스트시즌은 페넌트레이스와 다르지. 베테랑이라 해도 떨리는 마음을 이겨낼 수 없다. 그럴 때 가장 좋은 게 명상이야. 머리를 비우는 것이 도움이 될 때가 있었지."

현대 사회에서 머리를 비우는 건 어려운 일이다.

야구 선수들 역시 마찬가지였다.

그렇기에 많은 선수가 명상을 하였다.

영웅도 정좌를 하고 바닥에 앉아 명상에 잠겨들었다.

복잡했던 머리가 편해지면서 부담감이 조금씩 잊히기 시작했다.

디비전 시리즈까지 남은 시간은 17시간.

영웅은 마지막 마인드 컨트롤을 하며 전날 밤을 보냈다.

4장
디비전 시리즈 1차전

　[한국의 야구팬 여러분 안녕하십니까? 클리블랜드 인디언스 대 토론토 블루제이스의 디비전 시리즈 1차전이 열리는 프로그레시브 필드에서 인사드립니다!]

　중계가 시작됐다.

　순식간에 동시 접속자가 증가했다.

　영웅과 박형수의 활약으로 한국에는 많은 인디언스 팬이 생겨났다.

　덕분에 많은 사람이 디비전 시리즈 1차전을 보기 위해 기다리고 있었다.

　몇몇 치킨 집은 아침 일찍부터 문을 열기도 했다.

　프로그레시브 필드에는 구단 관계자들이 총출동했다.

　레이널드 단장을 비롯해 고위 관계자가 모두 모여 있었다.

　그리고 또 한 명의 주요 인사가 와 있었다.

바로 구단주 해롤드였다.

올 시즌 그가 직접 구장에 나와 경기를 관람하는 건 처음 있는 일이었다. 그만큼 이번 포스트시즌에 많은 관심을 가지고 있다는 뜻이었다.

그의 시선이 마운드 위에서 연습 투구를 하고 있는 영웅에게 향했다.

파앙—!

연습 투구인데도 구속이 80마일 후반에서 90마일 초반이 찍혔다.

웬만한 투수의 최고 구속과 같았다.

"강영웅 선수의 컨디션은 어떻죠?"

"경기 전에 만나봤는데 굉장히 좋아 보였습니다."

레이널드 단장이 직접 대답했다.

"좋은 경기를 보여주었으면 좋겠군요."

해롤드 구단주는 기대감을 감추지 않았다.

2016년 준우승에 그쳤던 인디언스다.

무려 6년 만에 새로 잡은 기회였다.

최강이라 불릴 정도로 전력이 좋은 상황이었다.

지금 기회를 놓치면 또 언제 월드시리즈를 노릴 수 있을지 알 수 없었다.

[올 시즌 커리어하이 시즌을 보낸 강영웅 선수, 디비전 시리즈에서는 첫 등판 아닙니까?]

[맞습니다. 작년에도 가을야구는 경험했지만 와일드카드에서 탈락을 했습니다. 하지만 당시에도 좋은 모습을 보여주었

기에 오늘 경기에서도 별다른 무리가 없지 않을까 싶습니다.]

사람들은 영웅이 오늘 경기를 잘 이끌어 갈 거라 예상했다.

하지만 야구는 혼자 하는 스포츠가 아니다.

투타의 밸런스가 잘 맞아야 한다.

특히 단기전에서는 투수전이 되는 양상이 심했다.

포스트시즌에 출전하는 투수들은 각 팀에서 가장 잘 던지는 투수들로 꾸려지기 때문이다.

즉, 1점 승부가 될 가능성이 높았다.

"플레이볼!"

[경기 시작됩니다!]

구심의 외침과 함께 디비전 시리즈 1차전이 시작됐다.

'패스트볼, 바깥쪽.'

페르나의 사인이 나왔다.

초구다.

굳이 복잡하게 사인을 낼 필요가 없었다.

고개를 끄덕인 영웅이 피처 플레이트를 밟고 와인드업에 들어갔다.

다리를 차올리면서 허리를 돌렸다.

동시에 상체를 비틀어 특유의 트위스트 폼을 완성시켰다.

비틀렸던 상체를 회전시키면서 회전력을 극대화했다.

다리를 내디디면서 시작된 하체의 회전이 허리를 지나 상체로 이동했다.

애초 상체를 비틀었기에 생긴 회전력에 다시 회전이 더해지면서 큰 힘이 더해졌다.

그렇게 모인 힘을 손끝에 집중시켰다.

릴리스 포인트에 도달하자 영웅의 손이 공의 실밥을 챘다.

촤아앗-!

공이 매섭게 회전하기 시작했다.

토론토 블루제이스의 리드오프 차베스의 스윙도 시작됐다.

간결하게 나온 배트의 궤적이 날카롭게 그려졌다.

하지만 마지막 순간 공이 떨어지지 않으면서 두 개의 궤적이 어긋났다.

후웅-!

뻐억-!

"스트라이크!!"

[초구 헛스윙 합니다! 구속은 97마일이 나옵니다! 올 시즌 차베스 선수 좋은 모습 보여주지 않았습니까?]

[맞습니다. 타율 3할 1리를 기록했고 출루율 역시 4할대를 마크했습니다. 또한 삼진이 적고 볼넷 비율이 높아 리드오프로서 본인의 역할을 충실히 이행했죠.]

사인을 교환한 영웅이 2구를 뿌렸다.

이번에는 슬라이더였다.

쐐애애액-!

좌타자인 차베스는 공을 보고 스윙을 멈췄다.

'멀다!'

존을 한참이나 벗어난 바깥쪽에서 공이 들어오고 있었다.

분명 볼이 될 것이다.

그 순간 공의 궤적이 변했다.

마치 부메랑처럼 존의 안쪽으로 휘어 들어오기 시작했다.

'큭!'

급하게 스윙을 하려 했지만 늦었다.

아예 포기하고 공이 존의 바깥에 들어왔기를 바랄 뿐이었다.

퍽─!

포구한 페르나가 그대로 움직임을 멈췄다.

백도어 슬라이더의 경우 판정을 내리기 무척 어렵다.

심판의 성향에 따라 볼이 될 수도 있고 스트라이크가 될 수도 있다.

2구에 백도어 슬라이더를 택한 이유기도 했다.

배터리가 구심의 스트라이크존을 판단하지 못했다면 타자 역시 마찬가지다.

쉽사리 백도어 슬라이더에 배트가 나올 수 없을 거라 판단했다.

일종의 도박이다.

볼카운트가 유리하기에 던질 수 있었던 패였다.

그리고 도박은 성공했다.

"스트라이크!! 투!"

[변화구로 투 스트라이크를 잡아내는 강영웅 선수! 디비전 시리즈에도 공격적인 피칭을 이어갑니다!]

[백도어 슬라이더가 예술적으로 들어갔어요.]

구심의 스트라이크존을 파악한 영웅은 미소를 지었다.

바깥쪽이 넓다면 공격할 루트가 다양해진다.

지금과 같은 백도어 슬라이더는 물론이거니와 백도어 커브나 테일링 패스트볼 역시 좋은 무기가 될 수 있었다.

하지만 영웅의 선택은 포심 패스트볼이었다.

"후우……."

깊게 숨을 내뱉은 영웅이 와인드업을 했다.

또다시 변화구로 유인을 할 수도 있다. 직전 공에 반응조차 못 한 차베스였으니 그쪽이 더 정석에 가까운 승부였다.

그러나 영웅의 생각은 달랐다.

'첫 타자를 확실하게 잡아야 된다.'

기선제압이다.

영웅은 디비전 시리즈를 그저 하나의 경기로 보고 있지 않았다.

많은 레전드 플레이어가 경험담을 이야기해 줄 때 공통되게 말했던 게 있었다.

"단기전에서 중요한 건 상대의 기세를 누르고 아군의 기세를 살려야 된다. 그걸 해낼 수 있는 게 바로 에이스의 역할이다."

모든 팀이 포스트시즌 1차전에 에이스를 출전시켰다.

그만큼 에이스가 지니고 있는 역할은 중요했다.

"차앗-!"

기합까지 터뜨리며 전력투구를 했다.

그의 손을 떠난 공이 매서운 속도로 바깥쪽에서 타자의 몸쪽으로 파고들었다.

크로스 파이어였다.

차베스는 급하게 배트를 돌렸다.

존을 파고드는 공이었기에 어떻게든 커트를 할 목적이었다.

하지만 영웅의 공이 더 빠르게 홈 플레이트 위를 지나갔다.

뻐엉-!

"스트라이크!! 배터 아웃!"

[삼구삼진입니다! 첫 타자를 깔끔하게 삼진으로 돌려세우는 강영웅 선수! 3구의 구속은 무려 100마일이 찍혔습니다!]

완벽한 기선제압이었다.

삼자범퇴로 이닝을 마감한 영웅은 두 개의 삼진을 올렸다.

1회 14개의 공을 던졌는데 그중에 무려 9개가 포심 패스트볼이었다.

최고 구속은 100마일.

최저는 94마일이 나오면서 타자들을 농락했다.

초반 분위기를 완벽하게 인디언스 쪽으로 가져온 영웅이었다.

하지만 타선이 그 분위기를 살리지 못했다.

딱-!

[높게 떠오른 타구! 하지만 뻗지 못합니다. 우익수 뒤로 물

러나 자리를 잡습니다. 아웃입니다! 삼자범퇴로 이닝이 마감되는 인디언스입니다.]

토론토 블루제이스 역시 에이스가 출격했다.

재크 밀러는 올 시즌 27경기에 등판해 14승 7패를 기록했다.

승패는 그리 인상적이지 못하지만 200이닝 이상을 소화하면서도 평균 자책점은 2점대를 마크했다.

이는 토론토에서 가장 뛰어난 성적이었다.

무엇보다 몸값이 2천만 불이 넘는다는 게 그의 가치를 말해주고 있었다.

[두 팀의 에이스가 상대 타선을 완벽하게 틀어막고 있습니다!]

2회.

다시 마운드에 선 영웅은 그라운드의 기류가 바뀌었다는 걸 느꼈다.

'야구는 살아 있는 생명체와 같다. 수시로 흐름이 바뀌고 승부의 추가 이곳저곳 옮겨간다.'

현 시점에서 추는 블루제이스에 조금 더 기울었다.

이걸 다시 원상태로 돌려야 할 타이밍이었다.

"후우……."

사인을 교환한 영웅이 와인드업을 했다.

따악-!

"파울!"

[3루 쪽 파울입니다!]

[커터가 마지막 순간 날카롭게 꺾이면서 타자의 히팅 포인트에서 벗어났습니다.]

퍽-!

"볼!"

[커브를 던졌지만 타자의 배트는 나오지 않습니다.]

[제대로 떨어졌지만 타자가 노리는 공이 아니었나 봅니다. 아예 포기하고 흘려보낸 느낌입니다.]

후웅-!

뻐억-!

"스트라이크!! 투!"

[97마일의 빠른 공에 배트 헛돕니다!]

[마지막 순간 공이 몸 쪽으로 휘면서 타자의 배트를 피했어요! 정말 좋은 무브먼트입니다!]

[원 볼 투 스트라이크! 강영웅 선수의 선택은 무엇일까요?!]

와인드업을 하는 영웅을 보며 타자의 머리는 복잡해졌다.

'승부? 아니면 유인구? 뭘 던질 거지?'

보통 이런 타이밍이면 유인구가 많이 들어온다.

하지만 영웅의 성향을 생각했을 때 승부가 들어올 가능성도 높았다.

'승부!'

곧 결단을 내렸다.

승부구가 올 거라 판단한 타자가 영웅이 발을 내딛는 것에 맞춰 무게중심을 이동시켰다.

"차앗-!"

쐐애애액-!

공이 손에서 떠난 순간 타자의 허리도 회전했다.

영웅이 선택한 공은 포심 패스트볼이었다.

타자 역시 노리는 건 포심이었다.

정확히 노림수가 맞아 떨어진 것이다.

두 개의 궤적 역시 하나가 되어갔다.

빠직-!

타자는 자신의 눈을 의심했다.

공을 때린 배트에 금이 가는 게 보였기 때문이다.

스위트 스폿에서 약간 벗어나긴 했지만 정타에 가깝게 때려냈다.

그런데 배트에 금이 가다니?

'끝까지 밀어야 돼!'

손목을 비틀며 배트를 밀어냈다.

어떻게든 공을 날려 보내기 위한 스킬이었다.

하지만 부러진 배트에 힘을 실기란 힘든 일이었다.

공을 날렸지만 내야에 뜬공이 만들어졌다.

이번에는 유격수인 파렐이 자리를 잡았다.

"마이!!"

콜 플레이를 한 파렐의 글러브 안으로 공이 들어갔다.

퍽-!

"아웃!!"

[배트가 부러지면서 내야 뜬공이 됩니다.]

[방금 전 장면은 정말 대단했습니다. 비록 스위트 스폿에

정확히 맞지는 않았지만 정타에 가깝게 공을 때렸어요. 그런데 배트가 부러지다니, 정말 대단합니다!]

해설 위원은 연신 감탄을 터뜨렸다.

배트를 부러뜨린다는 건 쉬운 일이 아니었다.

간혹 부러지는 배트들은 스위트 스폿의 주변이 아니라 손잡이에서 가까운 부근으로 타격을 했을 때 나오는 것들이었다.

하지만 이번에는 스위트 스폿 부근으로 공을 때렸다.

그런데도 부러졌다는 건 공의 구위가 그만큼 강하다는 뜻이었다.

그라운드 위의 모든 선수 역시 그것을 깨달았다.

'자식…… 엄청나네.'

박형수는 후배인 영웅을 존경스러운 눈빛으로 쳐다봤다.

디비전 시리즈지만 달라진 건 없었다.

페넌트레이스처럼 여전히 강한 모습으로 공을 뿌리고 있었다.

그 모습을 보니 긴장했던 자신이 부끄러웠다.

'거시기 떼어야겠군.'

박형수만이 아니었다.

다른 선수늘 역시 집중력이 높아졌다.

그라운드 위의 바뀐 분위기를 읽은 영웅은 빠르게 두 번째 타자를 상대로 공을 뿌렸다.

지금 흐름을 이어 나가야 한다는 생각이었다.

"흡-!"

쐐애애애액-!

하지만 너무 빠르게 던져서일까?

좌타자 몸 쪽으로 붙어 들어가는 공에 회전이 떨어졌다.

타자는 그것을 놓치지 않았다.

딱-!

경쾌한 소리와 함께 타구가 빠르게 날아갔다.

엄청난 속도로 날아가는 타구의 방향은 1루 쪽이었다.

그 순간 박형수가 몸을 날렸다.

퍽-!

다이빙을 한 박형수의 미트로 공이 빨려 들어갔다.

"아자!"

공을 잡은 걸 확인한 박형수가 환호를 질렀다.

[라인드라이브 타구를 낚아채는 박형수 선수의 호수비가 나옵니다!]

높아진 집중력의 박형수의 손에서 두 번째 아웃 카운트가 나왔다.

영웅은 가슴을 쓸어내렸다.

아무리 영웅이 좋은 투수라고는 하지만 실투는 나올 수 있다.

그 실투가 어떤 결과로 이어지느냐가 중요했다.

만약 빠졌다면 2루까지도 가능한 상황이었다.

그걸 호수비로 지워 버린 박형수가 고마웠다.

호수비는 팀에 많은 걸 가져다준다.

아웃 카운트는 물론 동료들이 집중할 수 있게 만들어주

었다.

또한 투수에게도 무언의 메시지를 주었다.

[뒤는 우리에게 맡겨라.]

믿음직한 수비들이 지키고 있다는 사실에 영웅은 어깨가 한결 가벼워졌다.

"흡-!"

쐐애애액-!

가벼워진 어깨와 비례해서 공은 묵직해졌다.

뻐억-!

"스트라이크!!"

[98마일의 빠른 공이 존을 통과합니다!!]

영웅의 무결점 투구가 이어졌다.

디비전 시리즈.

최고의 네 팀이 모여 펼치는 경기답게 수준 높은 경기가 펼쳐졌다.

투수들의 호투가 이어졌고 수비들의 호수비도 연달아 나왔다. 특히 어려운 수비도 가볍게 해내는 모습이 시청자들의 눈을 사로잡았다.

따악-!

[잘 맞았습니다!]

퍽-!

[아~ 하지만 유격수가 점프하면서 공을 낚아챕니다! 투아웃!]

[정말 대단한 점프력입니다. 오늘 경기 벌써 3번째 호수비가 유격수 차베스 선수의 손에서 나옵니다.]

블루제이스의 붙박이 유격수 차베스.

메이저리그 9년 차의 베테랑이면서도 여전히 빠른 몸놀림을 가지고 있었다.

특히 호수비는 그의 전매특허였다.

디비전 시리즈에서도 3개의 안타를 지울 정도로 높은 집중력을 보여주고 있었다.

양 팀의 공격은 쉽사리 풀리지 않았다.

번번이 호투에 막히고 호수비에 끊어지면서 안타가 나와도 점수로 이어지지 않았다.

'이제 중반이다. 곧 분위기가 바뀔 수도 있어.'

더그아웃에서 쉬고 있는 영웅은 정신 집중을 하며 집중력을 끌어올렸다.

투수전이 펼쳐지더라도 호투가 9회까지 이어지는 일은 잘 없었다.

특히 디비전 시리즈처럼 투타의 집중력이 모두 높다면 반드시라고 할 수 있을 정도였다.

경기 중반.

분위기가 일순간에 바뀔 가능성도 높았다.

경험과 조언을 통해 그 사실을 알고 있는 영웅은 집중력을 유지하기 위해 노력했다.

뻐억-!

"스트라이크!! 배터 아웃!"

[헛스윙 삼진! 5회에도 안타를 허용하지 않는 재크 밀러!]

영웅이 글러브를 챙기고 마운드로 향했다.

[6회! 강영웅 선수가 다시 마운드에 오릅니다!]

[중반이 지난 만큼 유의해서 타자들을 상대해야 됩니다.]

승부는 팽팽하게 이어지고 있었다.

하지만 끝까지 당겨진 고무줄은 분명 끊어지게 마련이다.

그 타이밍이 언제냐가 문제였다.

살얼음판을 걷는 느낌이었다.

많은 투수가 이런 압박감을 이기지 못하고 큰 경기에서 무너졌다.

특히 디비전 시리즈는 투수에게 엄청난 압박감을 준다.

메이저리그의 괴물 클레이튼 커쇼조차 한때 포스트시즌에서 맥을 못 출 때가 있었다.

30대에 접어든 지금은 포스트시즌에서도 좋은 모습을 보여주고 있지만 말이다.

1년의 모든 걸 결정짓는 자리이니만큼 압박감이 큰 탓이다.

하지만 영웅은 이런 큰 무대를 좋아했다.

중압감을 즐기고 압박감을 그대로 받아들였다.

그러면서 자신의 공을 뿌려댔다.

그건 6회가 되어서도 마찬가지였다.

뻐억-!

"스트라이크!!"

[96마일의 빠른 공이 바깥쪽 낮은 코스로 들어갑니다!]

[타자에게서 가장 먼 코스였습니다. 스윙을 했어도 내야 땅볼이 나왔을 가능성이 높았어요.]

영웅은 커맨드를 변경했다.

두 번째 타석까지는 몸 쪽 승부가 많았다.

하지만 세 번째 타석에서는 초구부터 바깥쪽을 노리면서 혼란을 주었다.

또한 변화구를 적극적으로 사용하기 시작했다.

휘리릭-!

직선으로 날아오던 공이 속도가 줄어들면서 밑으로 뚝 떨어졌다.

타자는 급하게 배트를 멈췄지만 머리가 돌았다.

뻐억-!

"스윙!"

구심이 곧장 스윙 판정을 내렸다.

곧 중계에서 리플레이 화면을 틀어주었다.

타석의 위에서 잡은 화면이었는데 배트가 홈 플레이트를 지나는 모습이 확실히 찍혔다.

[확실히 스윙이네요.]

[스플리터가 정말 기가 막히게 떨어졌습니다.]

3구는 커브를 선택했다.

이번에도 타자의 배트가 나오다 멈췄다.

하지만 이번에는 조금 일찍 변화를 시작한 탓에 제 타이밍에 배트를 멈출 수 있었다.

뻐억-!

포구를 한 페르나가 곧장 3루심을 가리켰다.

스윙 확인은 좌타자일 경우 3루심에게 우타자일 경우 1루심에게 한다.

3루심은 곧 팔을 좌우로 펼쳤다.

[스윙 인정되지 않습니다!]

[커브가 일찍 변화하면서 타자가 빨리 눈치를 챌 수 있었습니다.]

[2구 연속 변화구를 던진 강영웅 선수, 원 볼 투 스트라이크가 됩니다. 결정구는 빠른 공으로 가겠죠?]

오늘 경기에서 영웅은 총 8개의 탈삼진을 잡아냈다.

마지막 스트라이크 콜을 이끌어 냈던 8개의 공 중 7개가 모두 빠른 공이었다.

그만큼 영웅은 빠른 공을 적극적으로 활용하고 있었다.

그렇기에 타자 역시 빠른 공에 대처할 수 있도록 타이밍을 잡고 있었다.

[강영웅 선수 와인드업합니다!]

영웅이 평소보다 더 상체를 비틀었다.

'패스트볼?!'

타자는 그렇게 생각할 수밖에 없었다.

그동안 영웅의 모든 행동은 데이터화되어 분석이 되었다.

특히 디비전 시리즈의 대결상대인 토론토 블루제이스는 스토커라도 되는 듯 영웅의 비디오를 보고 또 봤다.

전력 분석 팀 모두가 매달릴 정도였다.

그 결과 영웅이 100마일 이상의 공을 던질 때는 상체를 더 비튼다는 결론을 냈다.

구종을 특정 지을 수 있다는 건 타자에게 매우 유리한 점이었다.

비틀렸던 상체를 회전시키면서 공을 던지는 찰나, 타자의 배트가 돌았다.

처음부터 노리는 건 패스트볼이었다.

하지만 공이 날아오지 않았다.

'어?'

순간 당황했다.

분명 지금 타이밍이면 공이 지척까지 왔어야 된다.

한데 아직까지도 저 멀리서 날아오고 있었다.

'체인지업!'

느림의 미학이라 불리는 체인지업이었다.

스윙의 속도를 줄여야 한다.

하지만 이미 가속이 붙은 배트는 타자의 노력과는 달리 허무하게 홈 플레이트 위를 지나갔다.

퍽─!

스윙이 끝난 뒤에야 공이 미트에 들어갔다.

"스트라이크! 아웃!!"

[헛스윙 삼진입니다!]

[체인지업으로 타자의 타이밍을 완전히 뺏었습니다! 체인지 오브 페이스라는 말이 정말 딱 어울리는 공이었어요!]

영웅은 여우였다.

정면 승부를 할 때와 타자의 페이스를 뺏어야 될 때를 분명히 알고 있었다.

이십 대 초반의 나이.

그는 메이저리그 타자들을 농락시키고 있었다.

그것도 디비전 시리즈라는 큰 무대에서 말이다.

6회에도 영웅은 삼자범퇴로 이닝을 마감했다.

그리고 6회 말.

인디언스에게 기회가 왔다.

딱-!

[쳤습니다! 빗맞은 타구가 크게 바운드됩니다!]

파렐이 때린 타구가 홈 플레이트 앞에 맞고 크게 튀어 올랐다.

높게 떠오른 타구가 투수의 머리 위로 날아갔다.

뒤로 물러서던 재크 밀러가 글러브를 뻗어 공을 잡으려 했다.

그사이 파렐은 전력질주 했다.

재크 밀러가 공을 잡으면 아웃으로 처리할 수도 있는 상황.

퍽-!

하지만 공은 글러브 끝에 맞고 튕겨져 나갔다.

앞으로 달려오던 유격수의 옆으로 굴러간 것이다.

급하게 달려온 3루수가 공을 잡았지만 이미 파렐은 1루 베이스를 밟은 뒤였다.

[내야 안타가 만들어집니다!]

[타구의 방향이 기가 막혔습니다. 체공 시간이 워낙 길어 잡았어도 1루에서 아웃이 되지 않았을 수도 있습니다.]

파렐의 출루로 인디언스에게 기회가 왔다.

그리고 2번 로건은 그 기회를 이어갔다.

딱-!

[때렸습니다! 빠른 타구가 3유간을 가릅니다! 그사이 파렐 선수는 2루로! 3루를 노리지만 좌익수가 대시하면서 공을 잡아 가지는 못합니다!]

[가볍게 밀어쳐 좋은 타구를 만들어냈습니다. 욕심을 부리지 않아 좋은 결과가 나왔어요.]

무사에 1, 2루.

엄청난 찬스가 인디언스에게 찾아왔다.

블루제이스 역시 상황이 심상치 않음을 깨닫고 감독이 직접 마운드를 방문했다.

내야수가 모두 마운드 위로 모였다.

그사이 인디언스 역시 밀러 감독이 페르나에게 다가갔다.

"큰 걸 노릴 필요 없다. 가볍게 때린다는 생각으로 휘두르면 돼."

"알겠습니다."

페르나는 인디언스에서 가장 타격이 좋은 선수였다.

최종 성적 역시 도루와 타율을 제외한 모든 부문에서 팀

내 누구보다 성적이 좋았다.

문제는 후반기 접어들어 성적이 떨어졌다는 거다.

특히 병살타가 급격하게 늘어났다.

언론에서는 페르나의 체력이 떨어졌음을 꼬집었다.

당연한 일일 수도 있었다.

페르나는 팀의 주전 포수로 전 경기에 출전을 했다.

큰 점수 차가 나는 경기에는 교체가 되기도 했지만 체력을 보존하기는 매우 힘들었다.

특히 아직 젊은 선수다 보니 노하우가 부족했다.

'이번 이닝에 점수를 내야 되는데…….'

더그아웃으로 돌아오는 밀러 감독은 한쪽 가슴에 불안감을 가지고 있었다.

이번 이닝 정말 좋은 찬스를 잡았다.

대량 득점까지도 가능한 상황이었다.

문제는 이 찬스를 놓치면 분위기가 단번에 블루제이스에게 넘어갈 수도 있다는 점이다.

또 하나.

대량 득점을 원하는 이유가 있었다.

바로 디비전 시리즈라는 특이성 때문이었다.

페넌트레이스 같은 상기레이스에서는 타자의 비중이 더 클 수밖에 없다.

투수는 등판할 수 있는 횟수가 제한되어 있지만 타자는 매 경기 시합에 나설 수 있기 때문이다.

하지만 디비전 시리즈와 같은 단기전에서는 투수의 역할

이 더 컸다.

한 경기, 한 경기가 매우 중요하기 때문에 길게 상대 타선을 막아줄 선수가 반드시 필요했다.

그런 점에서 봤을 때 영웅은 등판하면 타선을 확실하게 막아줄 수 있는 투수였다.

그런 영웅을 한 번이라도 더 쓸 수 있다는 건 매우 큰 무기가 될 수 있었다.

그 무기를 제대로 쓸 수 있게 하기 위해선 투구 수를 조절하는 게 필수였다.

만약 이번 이닝 큰 점수를 낸다면 밀러 감독은 고민 없이 영웅을 강판시킬 생각이었다.

현재 투구 수는 고작 73개. 피로가 남긴 하겠지만 다음 선발 등판은 물론이거니와 한 번 더 등판을 시킬 수 있을 것이다.

그렇기에 이번 공격이 무척 중요했다.

그 사실은 페르나 역시 잘 알고 있었다.

만약 다른 포지션의 선수라면 거기까지 생각이 미치지 않았을 수도 있다.

하지만 그는 포수다.

경기 전체를 보고 상황을 분석하는 능력이 뛰어났다.

덕분에 지금 이닝의 중요성을 알게 됐고 더 큰 중압감이 그의 어깨를 짓눌렀다.

부담감이 커지면 타자는 제대로 된 스윙을 못한다.

그로 인한 결과는 최악으로 나타났다.

딱-!

[빗맞은 타구!]

원 바운드 된 공이 2루수 쪽으로 향했다.

그사이 파렐은 빠르게 3루로 뛰었다.

2루수는 안전하게 유격수에게 공을 던졌다.

펙-!

"아웃!"

로건이 2루에 도달하지 못하고 아웃이 됐다.

유격수는 곧장 1루로 공을 뿌렸다.

쐐애애액-!

펙-!

"아웃!"

[아-! 더블플레이가 나옵니다. 이 중요한 순간에 병살타를 기록하는 페르나 선수!]

두 명의 주자가 순식간에 지워졌다.

그나마 파렐이 3루로 갔다는 게 위안이라면 위안이었다.

하지만 파렐의 빠른 발을 생각했을 때 한 베이스 진루는 크게 의미가 없었다.

[정말 좋지 않은데요.]

최악의 상황 속에 박형수가 타석으로 들어섰다.

[오늘 경기 첫 타석에서 안타를 기록했던 박형수 선수가 지금 상황을 해결해야 될 것으로 보입니다.]

[앞서 두 번째 타석에서도 좋은 타구를 날려 보냈어요. 비록 외야 정면으로 가긴 했지만 파울 타구를 날릴 때도 스윙

이 매우 날카로웠습니다.]

밀러 감독은 박형수에게 기대를 가졌다.

대량 득점은 무리더라도 최소한 한 점이라도 내야 했다.

그렇다면 영웅을 길게 가져가면서 어떻게든 1회전을 승리로 가져갈 수 있었다.

퍽-!

"볼!"

[초구 변화구를 잘 참아냅니다!]

박형수는 침착했다.

메이저리그에서는 루키로 불리고 있지만 그는 한국에서 산전수전을 다 겪은 베테랑이었다.

큰 무대에서도 많이 뛰어봤다.

한국시리즈 경험도 있었고 국가대표 4번 타자로도 활약을 했다.

퍽-!

"볼!"

[2구 역시 볼입니다! 살짝 낮은 공에 배트를 내밀지 않습니다!]

무엇보다 마운드에 후배인 영웅이 있다는 것이 그에게 큰 자극제가 되었다.

후배 녀석이 힘을 내고 있는데 선배인 자신이 빌빌대는 건 그의 성격에 용납이 되지 않았다.

재크 밀러가 파렐을 눈으로 견제한 뒤 슬라이드 스텝과 함께 공을 뿌렸다.

카운트를 잡기 위한 패스트볼이었다.

구위가 여전히 살아 있었지만 박형수가 노리고 있던 공이었다.

후웅−!

배트가 묵직한 소리를 내며 매섭게 돌아갔다.

따악−!

경쾌한 소리가 그라운드에 울려 퍼졌다.

박형수는 타구가 날아가는 모습을 보며 천천히 1루로 달려갔다.

[타구! 큽니다! 커요!]

높이 떠오른 타구가 담장 밖 관중석에 떨어졌다.

[넘어갔습니다!! 제로의 행진을 깨는 박형수 선수의 투런포가 터졌습니다!!]

단기전에서는 해결사라 불리는 선수들이 있다.

경기의 흐름을 단번에 바꾸는 선수들이다.

디비전 시리즈 1차전에서는 박형수가 그 역할을 해냈다.

투런포로 단숨에 분위기를 가져왔다.

문제는 이후 후속타가 터지지 않았다는 점이다.

재크 밀러라는 훌륭한 투수는 투런포를 내준 상황에서도 흔들림 없이 다음 타자를 잡아냈다.

'제길…… 더블플레이만 아니었어도.'

밀러 감독으로서는 페르나의 더블플레이가 더욱 아쉬워지는 순간이었다.

만약 투 아웃이 아닌 노 아웃이나 원 아웃이었다면 상황은 달라졌을 것이다.

야구에 만약에란 단어는 없다.

언제나 결과가 전부였고 과거를 고민하는 순간 돌이킬 수 없게 된다.

그것을 잘 알기에 밀러는 다음을 준비했다.

'일단 강을 길게 던지게 한다.'

인디언스의 그 어떤 투수도 영웅을 대신할 수 없다.

마운드에서 믿음을 주는 투수가 없었다.

확실한 1승.

그리고 기선 제압을 해줘야 다음 경기들이 수월할 수 있었다.

판단을 내린 밀러는 마운드에 올라가는 영웅의 뒷모습을 바라봤다.

넓은 등이 그 어느 때보다 듬직했다.

5장
디비전 시리즈 두 번째 등판

8이닝 무실점 11탈삼진 1볼넷.

디비전 시리즈 1차전을 승리로 가져간 영웅의 기록이었다.

9회에는 잭슨이 마운드에 올라 두 개의 탈삼진을 솎아내며 세 타자를 돌려세웠다.

기선 제압에 성공한 인디언스는 2차전에서 스티븐 레일리를 등판시켰다.

도박사들은 2차전 역시 인디언스가 승리할 것이라 예상했다.

FA로 영입한 스티븐 레일리는 올 시즌 16승 7패 평균 자책점 2.72라는 준수한 성적을 올렸다.

에이스급 활약이었다.

또한 포스트시즌 통산 성적도 좋았다.

특히 한 번도 크게 무너진 적이 없을 정도로 안정된 피칭을 보여주었다.

　반면 토론토 블루제이스의 선발 투수는 무게감이 떨어졌다.

　본래 2선발이었던 에르난데스가 올스타전 이후 부상으로 시즌 아웃이 되면서 3선발이었던 페드로가 2선발 역할을 했다.

　최종 성적은 11승 8패. 평균 자책점 3.50이라는 성적을 올렸다.

　레일리와 비교하면 평범한 성적이었다.

　무엇보다 페드로는 포스트시즌에서의 경험이 전무했다.

　누가 보더라도 레일리의 승리가 점쳐지는 상황이었다.

　그런데.

　따악-!

　[때렸습니다! 타구가 좌중간에 떨어집니다! 그사이 3루 주자 홈인! 2루 주자도 3루를 돌아 홈으로 파고듭니다! 이제야 공을 잡은 좌익수가 송구합니다!]

　하지만 늦었다.

　2루 주자는 이미 홈을 밟은 뒤였고 1루 주자 역시 3루까지 도달했다.

　그리고 타자 주자는 2루로 들어갔다.

　[또다시 2점을 내주면서 역전을 당하는 레일리 선수입니다!]

　[3회까지 퍼펙트로 블루제이스의 타선을 막아냈는데요. 타순이 한 바퀴 돌면서 타자들이 레일리 선수의 공을 적극적으로 공략하고 있습니다.]

　그 시작은 실투였다.

주 무기 중 하나인 포크볼이 밋밋하게 들어갔다.

우익수 키를 넘기는 큰 타구로 이어졌다.

점수로 이어졌지만 레일리는 원 아웃을 잡아냈다.

그렇기에 밀러 감독은 다소 여유를 가지고 있었다.

2점이라는 리드도 있었기에 그랬을 수도 있다.

한데 이렇게 무너질 줄이야.

더 이상 레일리를 끌고 가기엔 무리였다.

밀러 감독은 승부수를 던졌다.

[밀러 감독이 마운드를 방문합니다!]

[아직 1점밖에 뒤지지 않은 상황이니 승부수를 던지는 것으로 보입니다.]

스코어는 4 대 3.

비록 1점 뒤지고 있었지만 타선의 힘이 나쁘지 않았다.

충분히 따라잡을 수 있을 거란 판단을 내렸다.

필승조를 투입해 상대 타선을 막으면서 공격의 활로를 뚫기 위해 노력했다.

하지만 전혀 예상치 못한 일이 벌어졌다.

믿고 있던 타선이 갑자기 잠잠해졌다.

더 이상 점수는 나지 않고 9회 마지막 공격이 이어졌다.

[투 아웃, 주자 없는 상황에서 페르나 선수가 타석에 섭니다. 디비전 시리즈 일곱 타석 동안 출루가 없는 페르나 선수인데요.]

타격감이 많이 떨어진 페르나가 타석에 섰다.

1차전과 2차전 모두 안타는커녕 출루도 없는 상황.

그렇기에 밀러 감독은 페르나가 출루하길 간절히 원했다.

비록 승패에는 영향이 없지만 타격감을 조금이라도 찾길 바라는 마음에서였다.

하지만.

딱-!

[타구 높게 떠오릅니다. 중견수 앞으로 나오면서 자리를 잡습니다.]

평범한 외야플라이가 나왔다.

1루로 달리다 고개를 떨어뜨리는 페르나를 보며 밀러 감독의 수심이 깊어졌다.

퍽-!

"아웃!"

2차전은 토론토 블루제이스의 승리로 끝이 났다.

레일리의 실패는 예상 밖의 일이었다.

거기서 끝이 아니라 다수의 투수를 투입했다.

어떻게든 역전까지 끌고 갈 전략으로 말이다.

하지만 결과는 4 대 3.

단 1점을 따라가지 못하고 패배를 하고 말았다.

블루제이스 역시 필승조를 소모하긴 했지만 그 숫자는 인디언스에 비해 적었다.

무엇보다 3차전이 충격적인 전개로 이어지고 있었다.

따악—!

[빗맞은 타구! 유격수가 잡아 2루에!]

"아웃!"

[그리고 1루에!]

"아웃!"

[더블플레이가 됩니다! 1사 1, 2루의 찬스를 살리지 못하고 이닝 종료됩니다!]

[오늘 경기 페르나 선수의 두 번째 더블플레이가 나옵니다.]

타격은 침체됐다.

페르나의 부진으로 공격이 이어지지 못했다.

박형수가 멀티히트를 기록하며 고군분투했지만 역부족이었다.

공격이 앞에서 끊어지니 좀처럼 점수를 낼 수 없었다.

'페르나의 부진이 길어지는군.'

더그아웃에서 대기하고 있는 영웅의 얼굴이 어두워졌다.

오늘 경기마저 내준다면 승리의 추는 블루제이스에게 기울어진다.

'모레는 내가 나간다.'

따악—!

[초구를 강타! 좌익수 키를 넘기는 장타가 터집니다! 블루제이스 첫 타자부터 장타를 터뜨리며 대단한 타격감을 자랑합니다!]

영웅의 등판은 4차전으로 예정되어 있었다.

오늘 경기가 이대로 끝난다면 벼랑 끝의 승부가 될 게 분명했다.

'경기의 흐름은 넘어갔다.'

밀러 감독은 고개를 저었다.

승부의 추는 기울었다.

블루제이스의 3선발 에릭은 인생 경기를 펼치고 있었다.

7이닝 무실점 1안타 무사사구.

시즌 10승 10패라는 평범한 성적을 올린 투수의 디비전 시리즈 첫 선발의 기록이었다.

'야구란 정말 알 수 없는 스포츠로군.'

뻐억-!

"스트라이크! 아웃!"

[마지막 아웃 카운트가 올라갑니다! 블루제이스가 2연승을 달성하면서 인디언스를 벼랑 끝으로 몰아넣습니다!!]

시리즈 전적 1승 2패를 안고 인디언스는 적진으로 향해야 했다.

인디언스의 전용기는 적막이 흘렀다.

평소라면 왁자지껄 시끄러웠을 기내지만 오늘만큼은 분위기가 무거웠다.

포커를 치는 사람도 맥주를 마시는 선수도 없었다.

모두 음악을 듣거나 책을 보거나 혹은 잠을 청하고 있었다.

페넌트레이스에서 질주를 하며 여기까지 온 인디언스다.

최종 목표는 월드시리즈 우승일 수밖에 없었다.

한데 월드시리즈 문턱도 밟지 못한 채 떨어지기 일보직전까지 몰렸다.

4차전은 반드시 이겨야 한다.

그 부담감이 선수들의 어깨를 짓누르고 있었다.

밀러 감독과 코칭스태프는 이동 중에도 머리를 맞대고 회의를 거듭했다.

회의의 쟁점은 타순이었다.

"페르나의 타격감이 좋지 않습니다. 타순을 내려 부담감을 해결해 주는 게 좋습니다."

"반대입니다. 페르나는 주전이 된 이후 줄곧 타선의 중심을 지켜왔습니다. 자존심도 강하기 때문에 타순을 내린다면 오히려 더 큰 슬럼프가 찾아올 수도 있습니다."

의견은 반반으로 나뉘었다. 모두 타당한 의견이었기에 선택은 밀러 감독의 몫으로 넘어왔다.

"가…… 감독!"

그때 전략 분석원이 다가왔다.

급박한 표정의 그의 손에는 스마트폰이 들려 있었다.

"이것 좀 보세요!"

"무슨 일인데 그런가?"

스마트폰을 받아 든 밀러 감독이 내용을 확인했다.

"이건……."

가능성 중 하나였다.

하지만 설마 정말로 이렇게 나올 줄은 몰랐다.

[토론토 블루제이스는 4차전 선발을 로버트 딘으로 결정!]

페넌트레이스 성적 4승 5패.

선발과 불펜을 오가던 베테랑 투수다.

"제길……!"

코치들은 하나같이 한숨을 토해냈다.

상대는 에이스끼리의 대결을 피했다.

1승이라는 이득을 가지고 있기에 할 수 있는 행동이었다.

'우리 쪽에선 4차전에 가장 믿을 수 있는 영웅을 내보낼 수밖에 없었다.'

그렇기에 예측을 했어도 영웅을 4차전 선발로 결정해야 했다.

'블루제이스가 승부를 걸어오길 바랐는데.'

2승 2패가 된다면 블루제이스 역시 벼랑 끝에 몰리게 된다.

하지만 마운드에는 에이스 재크 밀러가 있게 된다.

'이렇게 된다면…….'

밀러 감독 역시 결단을 내릴 수밖에 없었다.

"타순을 변경한다. 페르나를 7번으로 배치하고 나머지 선수들을 한 타순씩 상승시키도록."

"알겠습니다."

디비전 시리즈.

선수보다 팀의 승리가 우선시되는 경기였다.

호텔에 도착한 페르나는 심란했다.

예상을 했지만 직접 감독에게 타순의 변경을 들으니 마음이 복잡해졌다.

'왜 이렇게 된 거지?'

포스트시즌은 페넌트레이스와 다르다.

많은 선배에게 들었던 이야기다.

하지만 직접 체험을 해보지 못했다.

기껏해야 1년 전.

와일드카드 결정전에 나갔던 게 전부였다.

당시에도 제대로 된 타격을 하지 못했던 페르나였다.

올해는 단단히 벼르고 있었다. 어떻게든 팀에 도움이 되고 싶었기 때문이다.

"하아……."

그런데 이 지경까지 올 줄은 몰랐다.

타격이 흔들리니 포수로서의 능력도 떨어졌다.

2차전이 아쉬웠다.

레일리가 흔들릴 때 자신이 조금만 더 일찍 올라가 그를 달랬다면 그렇게까지 점수를 내주지 않았을지도 모른다.

'팀에 도움이 되고 싶다.'

페르나는 어릴 적부터 인디언스를 선망하던 세대다.

정확히 이야기하면 아버지와 할아버지 그리고 그 할아버지까지.

모두 인디언스를 응원하고 클리블랜드를 사랑했다.

그런 집안에서 태어난 페르나가 인디언스를 사랑하는 건 당연한 일이었다.

'할아버지.'

그의 할아버지는 5년 전, 눈을 감았다.

마지막 소원이던 인디언스의 월드시리즈 우승을 끝내 보지 못하고 말이다.

2016년 월드시리즈 패배가 결정될 때 그가 흘린 눈물은 아직까지 잊지 못했다.

끝내 이루지 못하고 세상을 뜬 할아버지의 소원을 이루고 싶은 게 페르나의 염원이었다.

그 목표를 이루러 가는 길에 자신이 걸림돌이 될 줄이야.

최악이었다.

자괴감이 그를 짓눌렀다.

그때였다.

"여!"

근심 걱정 없는 목소리로 자신을 부르는 소리가 들려왔다.

고개를 돌리자 목소리의 주인공인 박형수와 영웅이 다가오는 게 보였다.

"뭐 하고 있었냐? 너도 배고파서 내려온 거야?"

박형수와 영웅이 그의 맞은편에 앉았다.

"페르나가 형이에요? 이 시간에 배가 고프게."

"이놈의 자식! 내가 뭐 어때서?"

"기내에서 풀코스를 세 그릇이나 먹고 도착하자마자 배고프다고 카페에 내려오신 분이 하실 말씀은 아닙니다."

"흠흠! 난 주문 좀 하고 온다."

박형수가 자리에서 일어나 카운터로 향했다.

샌드위치와 먹을거리를 시키는 박형수를 보던 영웅이 고개를 저었다.

"정말 걱정이란 걸 모르는 거 같다니까."

팀이 벼랑 끝에 몰려 있건만 박형수는 태평했다.

그 모습이 신기했다.

어떻게 하면 저렇게까지 무신경할 수 있는 걸까?

곧 박형수가 샌드위치와 디저트들을 가지고 테이블로 돌아왔다.

"너희들 진짜 안 먹냐?"

샌드위치를 입에 물면서 박형수가 물었다.

그 모습을 보고 다짐을 한 페르나가 그를 불렀다.

"박, 궁금한 게 있다."

"뭔데?"

"디비전 시리즈에서…… 긴장 하지 않는 법을 알고 싶어."

페르나는 절박했다. 질문에서 그 마음이 느껴졌다.

영웅은 그를 애처롭게 바라봤다. 호흡을 같이 맞춰왔기에 잘 알고 있었다. 페르나는 자존심이 강하다. 그 자존심을 버리고 하는 질문이었다.

'분녕 형은 답을 알고 있을 거야.'

자신도 긴장을 별로 하지 않는다.

하지만 타고난 부분이 있었다.

큰 경기건 뭐건 간에 자신의 공을 던지는 데 집중했다.

그러다 보니 긴장도 잘 하지 않게 됐다.

박형수도 그럴 수 있다.

하지만 경험은 자신보다 월등히 많다. 분명 무슨 답을 알고 있을 거다.

샌드위치를 우물거리던 박형수가 입을 열었다.

"그냥 평소처럼 해."

영웅의 이마가 일그러졌다. 저런 말은 누구든 할 수 있다.

언론은 물론 야구팬들도 매일 하는 이야기였다.

실질적인 조언을 원하는 게 페르나의 심정이다.

그걸 알기에 답답했다.

그때 박형수가 말을 이었다.

"디비전 시리즈라고 뭐가 다른데? 어차피 올라가기 위해서 싸우는 건 페넌트레이스와 똑같잖아."

"하지만 팬들이 기대하는 건 우승이다. 그 기대를 알기 때문에……."

"한 가지 물어보자. 넌 야구 선수 이전에 팬이었겠지?"

"그래."

"그때도 포스트시즌에서 패배하면 응원하던 팀을 원망했나? 아니면 페넌트레이스에서 잘했는데 포스트시즌에서 부진했던 선수에게 욕을 했어?"

"그건……."

답이 바로 나오지 않았다.

그런 일은 없었기 때문이다.

페넌트레이스라는 긴 기간을 전력으로 달려온 선수들이다.

응원하는 팬이라면 그 노력은 잘 알고 있다.

그렇기에 야유 대신 함성을 보냈다.

욕 대신 칭찬을 했다.

비록 마음은 아프지만 선수들은 더 아플 것이란 생각을 했기 때문이다.

머뭇거리는 페르나를 보며 박형수가 말했다.

"안 했지?"

"응……."

"다른 사람들도 마찬가지다. 물론 욕하는 사람도 있겠지. 하지만 일부에 불과해. 그리고 잠깐의 분노로 그러는 거다. 선수와 팀을 정말 사랑하니까 그러는 거야. 그들의 마음속에는 우리를 좋아해 주는 마음이 크다."

"그렇기 때문에 더 부담이 되는 거다! 그 마음을 알기 때문에……."

"페넌트레이스에서라고 다를 건 없잖아?"

"그건……."

"그리고 네가 하는 건 긴장이 아니다. 긴장은 경기에 오히려 도움이 되지. 하지만 압박감은 경기에 도움이 되지 않는다."

긴장감과 압박감.

비슷한 거 같으면서도 분명 다른 것들이었다.

긴장이 너무 심하면 문제가 되지만 약간의 긴장감은 오히려 경기력에 도움이 된다.

하지만 압박감은 다르다.

그것을 느끼는 상황은 매우 많다.

경쟁에 밀릴 수도 있다는 압박감, 큰 경기에 대한 압박감

그리고 기대에 부흥해야 된다는 압박감 등이 대표적이다.

"원래의 너라면 그런 압박감은 이미 벗어난 상태겠지. 하지만 지금은 아니야. 디비전 시리즈가 어떤 의미인지 모르겠지만 그렇게 압박감에 짓눌려 있다가는 아무것도 못 해보고 끝날 수도 있다."

말을 끝낸 박형수는 샌드위치를 먹는 데 집중했다.

사실 이런 조언들은 박형수가 직접 경험한 것들이었다.

첫 포스트시즌에 출전했을 때 그 역시 엄청난 압박감을 느꼈었다. 당시에는 긴장이라 생각했지만 지금은 아니었다.

그걸 페르나에게 설명해 준 것이다.

영웅은 잠자코 두 사람의 대화를 들었다.

처음에는 박형수가 너무 대수롭지 않게 이야기를 해주는 것 같아 끼어들려고 했다. 하지만 이야기를 듣다 보니 왠지 꿈의 그라운드에 있던 레전드 플레이어들과 겹쳐 보였다.

'이게 경험의 차이인가?'

영웅은 많은 레전드 플레이어에게 배움을 받았다.

그렇기에 위기에서도 나름대로 대처할 수 있었다.

그러나 조언은 해주지 못했다.

조언은 경험에서 우러러 나올 때 할 수 있는 것이기 때문이다.

페르나 역시 박형수의 조언에서 무언가를 느낀 듯 생각에 잠겨 있었다.

다음 날.

그라운드에서 타격 연습이 한창이었다.

다들 열정적이었지만 특히 페르나는 평소보다 더 열심히 배트를 돌리고 있었다.

따악-!

딱-!

시작은 좋지 않았다.

타구는 무뎠고 날아가는 방향도 좋지 않았다.

무엇보다 상체가 일찍 열리면서 타구에 힘을 실지 못했다.

상체가 일찍 열리는 이유에는 여러 가지가 있었다.

'아직도 부담감을 가지고 있는 건가?'

타격 코치는 페르나가 부담 때문에 상체가 일찍 열린다고 생각했다.

사실 페넌트레이스에서 보여준 모습이라면 생각할 수 없는 일이었다.

하지만 디비전 시리즈이기에 이해를 했다.

'그나마 본인이 스스로 벗어나려는 모습을 보이니 다행이군.'

오늘 훈련에서 페르나는 특히 열심이었다.

좋은 일이었다.

슬럼프는 옆에서 아무리 조언을 해도 본인이 열심히 해야 극복할 수 있는 것이었으니 말이다.

따악-!

그때 경쾌한 소리와 함께 타구가 날아갔다.

날카로운 궤적을 그린 타구가 그대로 우측 담장을 넘어갔다.

'오~ 좋은 느낌이군.'

타격 코치의 입가에 미소가 그려졌다.

[디비전 시리즈 4차전이 열리는 토론토 로저스 센터에서
인사드립니다.]

디비전 시리즈 4차전이 시작됐다.

원정 경기이기 때문에 인디언스가 선공이었다.

영웅은 벤치에 앉아 1회 말 출전할 준비를 하고 있었다.

[조 파렐 선수 타석에 들어섭니다.]

"플레이볼!"

구심의 외침과 함께 배터리가 사인을 교환했다.

그 모습을 바라보는 영웅의 시선이 페르나에게 향했다.

마스크를 쓰는 그의 얼굴은 다소 상기되어 있었다.

'괜찮으려나?'

인디언스에 들어온 뒤로 페르나와 가까이 지냈던 영웅이다.

그의 상태가 걱정되는 건 당연한 일이었다.

'후우…… 일단 집중부터 하자.'

등판 직전이었다.

자신이 이번 경기에서 패배하면 팀은 이대로 탈락을 맞게

된다. 부담이 될 수밖에 없었다.

또 하나.

언론이나 인터넷의 반응 역시 그의 어깨를 무겁게 했다.

토론토의 로버트 딘은 영웅과 이름값에서 차이가 심하게 났다.

영웅은 올 시즌도 아메리칸리그 사이영 상을 받게 될 확률이 매우 높았다.

반면 로버트 딘은 선발이 아닌 불펜을 오가는 스윙맨으로서 마운드에 섰던 선수다.

객관적인 데이터를 보더라도 영웅이 앞섰다.

그렇기에 많은 사람은 인디언스가 무난하게 승리할 것이라 예상을 했다.

즉, 당연하게 생각한다는 뜻이었다.

당사자의 입장에선 그 당연한 게 오히려 더 부담감이 된다.

특히 팀이 벼랑 끝에 몰린 상황이라면 더더욱 말이다.

"후우……."

크게 한숨을 내쉬며 잡념까지 토해냈다.

눈을 감고 정신 집중을 시작했다.

그 모습을 바라보던 밀러 감독이 그라운드로 시선을 옮겼다.

'일찍 승부가 갈리면 좋겠는데.'

인디언스에 가장 좋은 시나리오는 경기 초반에 승패가 갈리는 거다.

그렇게만 된다면 영웅의 투구 수를 아끼고 내일에도 투입

할 수 있을 것이다.

그러기 위해서는 초반에 확실하게 승기를 가져와야 한다.

따악-!

[파렐 선수 쳤습니다! 3유간을 가르는 안타가 나옵니다!]

스타트가 좋았다.

2번 타자인 로건이 타석에 섰다.

벤치가 바빠졌다.

'달리고 때려.'

런 앤드 히트 작전이 나왔다. 로건의 타격감이면 충분히 가능했다. 타구 방향에 따라 파렐이면 3루까지도 노려볼 수 있을 거다.

퍽!

"볼!"

초구는 크게 벗어났다.

싱커가 너무 낮게 떨어졌다.

딘은 손끝에 로진을 묻히며 시간을 끌었다.

조금이나마 진정하기 위함이었다.

1루를 견제하기 위한 행동이기도 했다.

어느 정도 시간이 지난 뒤 딘이 피처 플레이트를 밟고 사인을 교환했다.

"후우……."

깊게 호흡을 내뱉은 딘이 슬라이드 스텝을 밟았다.

그 순간 파렐이 스타트를 끊었다.

타닥-!

순식간에 2루 베이스와 거리가 좁혀졌다.

그 순간 로건의 배트가 간결하게 돌아갔다.

멀리 때리기보다는 공을 맞힌다는 느낌으로 스윙을 했다.

따악—!

컨택이 정확히 이루어졌다.

마지막 순간 손목을 돌려 제대로 힘을 실었다.

'됐……!'

기쁨의 환호를 지르려는 순간.

퍽—!

둔탁한 소리가 났다.

로건의 시선이 소리가 난 곳으로 향했다.

소리가 난 곳은 3루수 쪽이었다.

거기에는 어정쩡한 자세로 글러브를 들고 있는 3루수가 있었다.

"아웃!"

3루심의 판정과 동시에 3루수가 곧장 1루로 공을 뿌렸다.

퍽—!

"아웃!"

[아—! 투 아웃입니다! 라인드라이브 타구를 웨건 선수가 반사적으로 잡아냈습니다.]

[런 앤드 히트 작전이 나왔기 때문에 파렐 선수가 이미 2루 베이스에 도착한 상황이었습니다. 귀루를 하긴 무리였죠.]

분위기가 끊어졌다.

밀러 감독이 입술을 깨물었다.

자신의 실책이었다. 초기에 승기를 잡아야 된다는 압박감을 가지고 있었기 때문에 나온 작전이었다.

더 큰 문제는 밀러 감독의 조바심이 조금씩 커지고 있다는 점이었다.

이번 시즌.

구단에서는 전폭적인 지원을 해주었다.

밀러 감독을 데리고 올 때 원하는 선수를 말하면 그 선수를 영입해 주겠다고 약속했다.

스티븐 레일리 역시 그런 케이스였다.

이례적인 일이었다.

메이저리그는 기본적으로 GM 야구를 하는 곳이다.

감독에게도 의견을 말할 수 있는 권한은 있지만 결정은 전적으로 GM이 결정한다.

즉, 감독은 자신에게 주어진 선수로 팀을 잘 꾸려 나가는 현장 책임자의 역할을 하는 게 보편적이었다.

그런데 밀러 감독에게 영입하고 싶은 선수를 물어보고 그 선수를 영입해 주었다는 건 매우 큰 혜택이었다.

그런 혜택을 준 이유는 하나다.

월드시리즈 우승.

한데 디비전 시리즈에서 벌써 발목을 잡히려 하고 있었다.

아직 갈 길은 구만리인데 말이다.

딱—!

그때 박형수가 3구를 때려냈다.

높게 떠오른 타구가 중견수에게 잡혔다.

[쓰리 아웃이 됩니다. 파렐 선수가 출루를 했지만 득점으로 이어지지 못했습니다. 저희는 잠시 후, 강영웅 선수의 등판과 함께 찾아오도록 하겠습니다.]

벤치에서 영웅이 일어났다.

모자를 쓰고 글러브를 챙긴 영웅이 계단으로 향했다.

막 계단을 오르려는 영웅의 손목을 밀러 감독이 잡았다.

"부탁한다."

절박함이 담긴 목소리에 영웅이 고개를 끄덕였다.

마운드에 오른 영웅이 연습 투구를 끝냈다.

발을 내딛는 위치의 흙을 발로 고르게 펴는 영웅의 곁으로 페르나가 다가왔다.

"강, 오늘은 어떤 스타일로 갈 생각이냐?"

영웅의 스타일은 크게 둘로 나뉜다.

맞혀 잡는 피칭을 할 때는 변화구 위주로 던진다.

제구력을 높이기 때문에 구속은 전체적으로 떨어졌다.

윽박지르는 피칭을 할 때는 구속 위주로 던진다.

제구력은 흔들리지만 구속만큼은 100마일을 넘나들 정도로 매우 빠른 공을 던질 수 있었다.

그날의 스타일에 맞춰 리드 역시 달라져야 하기 때문에 페르나의 질문은 타당했다.

영웅은 모자를 고쳐 쓰면서 손가락으로 더그아웃을 가리켰다.

거기에는 열심히 주먹을 쥐고 있는 밀러 감독이 있었다.

주먹을 쥔다는 건 상대의 기를 꺾으란 소리였다.

그런 밀러 감독의 행동에 페르나의 이마에 주름이 잡혔다.

"체력 소모가 큰 걸 알 텐데도 저러다니."

"오늘 경기를 확실히 잡고 갈 생각인가 보지."

"네가 그렇게 말하면 알았다. 그럼 패스트볼 위주로 사인을 내마."

"오케이."

페르나가 마스크를 쓰며 자신의 자리로 돌아갔다.

그사이 영웅도 로진을 묻히며 다시 더그아웃을 확인했다.

'감독이 꽤 불안해 보이는데.'

좋지 않았다.

감독은 팀을 지휘하는 일종의 지휘자다.

언제나 냉정을 유지하고 적재적소에 제대로 된 작전과 선수를 투입해야 했다.

'1회 초 작전도 너무 무리였어.'

첫 타자에게 안타를 맞았던 투수다.

심리적으로 흔들릴 수밖에 없었다.

실제 로건에게 던졌던 1구와 2구 모두 크게 빠지는 공들이었다.

그런데도 작전을 냈다는 건 평소의 밀러 감독답지 않은 작전이었다.

'디비전 시리즈라서 급해진 건가?'

그럴 수도 있다.

포스트시즌은 선수는 물론 코치나 감독들 역시 큰 압박감을 느낀다.

밀러 감독이라고 해서 그러지 않으란 법은 없었다.

"플레이볼!"

그때 구심이 사인을 냈다.

'집중하자.'

영웅은 잡념을 떨쳐 내고 집중력을 끌어올렸다.

상체를 숙인 그의 눈에 페르나의 사인이 들어왔다.

'바깥쪽, 패스트볼.'

미트가 위 아래로 움직였다.

바깥쪽으로만 던지라는 사인이었다.

고개를 끄덕인 영웅이 와인드업 포지션에 들어갔다.

상체를 비틀었던 영웅이 그대로 초구를 뿌렸다.

"흡!"

쐐애애애액-!

기합과 함께 뻗어 나간 공이 그대로 미트에 꽂혔다.

뻐억-!

"스트라이크!!"

[경기 시작합니다!! 초구부터 100마일의 빠른 공을 던지는 강영웅 선수입니다!]

운명의 디비전 시리즈 4차전이 시작됐다.

1회는 삼자범퇴로 이닝을 마감했다.

벤치에 앉은 영웅은 음료수를 마시며 호흡을 골랐다.

'1회 투구 수가 11개.'

나쁘지 않았다. 오히려 좋은 스타트라고 할 수 있었다.

문제는 몸이 평소보다 묵직한 느낌이 들었다.

'아직 완벽히 회복 하지 못했어.'

메이저리그에 데뷔한 이후 영웅은 4일 휴식 5일 등판이라는 루틴을 꾸준히 지켜왔다.

이걸 어긴 것이 딱 두 번이었다.

올림픽 대표팀으로 뽑혔을 때와 물집으로 잠시 휴식을 취했을 때다.

당시에는 더 긴 시간을 쉬웠었기에 감각적인 부분에서 문제가 생길 걸 우려했다.

하지만 지금은 3일밖에 휴식을 하지 않았다.

루틴이 깨진 육체가 제대로 회복이 되었을 리는 만무했다.

'일단 상황을 지켜봐야겠어.'

공을 던지다 보면 묵직함이 사라질 가능성도 있었다.

영웅은 그라운드를 바라보며 팀이 점수를 내어주길 기대했다.

영웅이나 밀러 감독의 바람과 달리 인디언스는 3회까지 점수를 내지 못했다.

안타가 나오지 않는 건 아니었다.

매 이닝 한 명에서 두 명의 주자가 출루를 했다.

한데 그때마다 흐름이 끊겼다.

병살타가 나오거나 평범한 플라이가 나오면서 공격이 이어지지 않았다.

딱—!

[높이 뜬 타구!! 우익수가 위치를 잡습니다!]

이번에도 외야 플라이였다.

평범한 타구에 우익수가 가볍게 포구했다.

[아쉽습니다. 파렐 선수가 1루에 나갔지만 진루타는 터지지 않았습니다.]

[너무 스윙이 컸습니다. 간결하게 때렸어야 하는데 아쉽습니다.]

그래도 주자는 살았다.

다음 타석이 가장 타격감이 좋은 박형수이기에 사람들의 기대가 컸다.

[박형수 선수, 디비전 시리즈에서 본인의 진가를 여실히 보여주고 있습니다.]

[현재까지 5할에 가까운 타율을 보여주고 있어요.]

인디언스에서 가장 좋은 타율이었다.

초구 변화구를 지켜본 박형수는 2구에서 자신의 스윙을 시작했다.

[원 볼 노 스트라이크에서 2구 던집니다!]

박형수는 레그킥을 하지 않는 타자다.

레그킥이란 발을 들었다 내리는 동작을 말한다.

힘을 더 실을 수 있고 무게중심의 이동이 한결 수월해진다.

또한 투수의 박자에 맞추기도 쉽다.

하지만 배트 스피드가 떨어지면 제대로 된 타이밍에 타격이 이뤄지지 않는다.

본래 박형수는 한국에서 레그킥을 했었다.

그러나 삼십 대가 넘어서부터 레그킥을 하지 않는 스윙으로 변경을 했다.

나이가 들면서 자연스레 오는 육체 능력의 하락을 염두에 둔 변화였다.

대신 코어 근육을 강화시켜 허리의 회전을 빠르게 만들었다.

후웅—!

이번에도 허리가 빠르게 돌아가면서 상체가 자연스레 따라왔다. 뒤이어 배트도 맹렬하게 돌아가 날아오던 공을 그대로 때려냈다.

따악—!

[쳤습니다!]

타구의 방향은 우중간을 향해 날아갔다.

워낙 큰 타구였기에 우익수가 담장까지 달라붙었다.

'잡을 수 없다.'

타구의 성질을 파악한 우익수가 앞으로 나왔다.

그리고 몸을 돌려 펜스를 확인했다.

[넘어가나요?! 넘어가나요?!]

큰 타구에 중계진이 흥분했다.

하지만 그들의 바람과는 달리 타구는 펜스 상단을 맞았다.

퍽—!

튀어나온 공을 잡은 우익수의 귀로 중견수의 목소리가 들려왔다.

"백홈!"

몸을 돌려 발을 홈으로 내딛는 순간, 3루 베이스를 도는 파렐이 보였다.

"흡!"

쐐애애애액—!

낮게 떠오른 송구가 레이저처럼 순식간에 외야와 내야를 가로질렀다.

그리고 곧장 포수의 미트에 노바운드로 꽂혔다.

퍽—!

포구한 포수는 바로 상체를 틀어 슬라이딩을 하는 파렐의 등을 때렸다.

촤아아앗—!

퍽—!

찰나의 순간.

적막이 그라운드에 퍼졌다.

"아웃!!"

ㄱ 적막을 깨고 구심의 판정이 나왔다.

4회.

좋은 기회가 사라진 인디언스는 주자 2루 상황에서 점수를 내지 못했다.

밀러 감독은 판정에 불복해 비디오 판정까지 요구했지만 역시나 아웃으로 판명이 났다.

토론토 블루제이스의 우익수 마크 테일러는 강견으로 유명했다. 그럼에도 3루 주루 코치가 팔을 돌렸던 건 파렐의 발이 한 수 위라고 판단했기 때문이다.

[결과론적이긴 하지만 1사 2, 3루의 찬스가 낮지 않았나 싶습니다.]

하지만 이후 타자가 그라운드볼로 아웃이 됐기 때문에 의미는 크게 없었다.

4회 말 수비에 다시 영웅이 마운드에 섰다.

투구 수는 어느덧 59개가 되었다.

밀러 감독은 영웅을 일찌감치 내린다는 계획은 이미 폐기했다.

'점수가 날 때까지 영웅이 잘 버텨주길 바라는 수밖에.'

영웅은 믿을 수 있다.

팀 내에서 그만큼이나 신뢰감을 주는 투수는 없었기 때문이다.

마운드에 오른 영웅은 첫 번째 타자를 상대했다.

'타자일순이 됐다. 패턴을 변경하자.'

페르나의 제안했다.

영웅도 같은 생각이었다.

한 번씩 영웅과 상대해 본 타자들이기에 같은 패턴으로 가면 위험해질 수도 있었다.

'떨어지는 슬라이더.'

고개를 끄덕였다.

오늘 경기에서 슬라이더는 횡으로 변하는 것들만 던졌다.

종으로 떨어지는 변화구는 스플리터를 던진 게 전부였다.

그렇기에 통할 가능성이 매우 높았다.

와인드업을 한 영웅이 팔을 돌리며 손목을 비틀며 슬라이더를 던졌다.

한데 공이 손에서 빠지는 느낌이 났다.

종 슬라이더가 아래로 떨어진다고는 하지만 손에서 빠지는 느낌이 아니라 공을 채는 느낌으로 던져야 된다.

실투라는 느낌이 바로 들었다.

그리고 메이저리그 타자들은 그런 실투를 놓치지 않았다.

후웅-!

딱-!

밋밋하게 떨어지는 공을 간결한 스윙으로 때려냈다.

타구는 빠르게 날아가 3유간을 갈랐다.

[쳤습니다! 오늘 경기 첫 안타가 터지는 블루제이스입니다!]

[공이 빠지면서 제대로 된 스핀이 걸리지 않았습니다.]

[실투였나는 거죠?]

[그렇습니다. 그립이나 손목을 비트는 걸 봤을 때 종 슬라이더를 던지려는 거 같았는데 커브처럼 공이 손에서 빠져 버렸어요.]

완벽한 실투였다.

'흠, 악력이 많이 약해졌어.'

루틴이 깨진다는 건 선수에게 있어 큰 악재였다.

특히 휴식에 대한 루틴은 직접적인 타격을 줄 수 있었다.

실제 한국 리그나 일본 리그에서 뛰었던 정상급 투수들이 메이저리그에 건너와 가장 어려워하는 부분이 바로 로테이션이다.

한국과 일본은 5일 휴식, 6일 등판이라는 루틴을 거친다.

즉, 미국보다 하루를 더 쉰다는 뜻이다.

그런 루틴에 적응을 하지 못하고 육체가 무리를 해서 부상으로 이어지는 케이스도 많았다.

영웅은 처음부터 메이저리그에서 프로 생활을 시작했기에 다른 투수들보다는 로테이션에 적응하기 편했다.

'정신 차리자.'

영웅은 정신을 가다듬었다.

악력이 떨어졌다면 거기에 맞춰 공을 던지면 된다.

꿈의 그라운드에서 배웠던 것들을 떠올렸다.

'악력이 떨어지면 변화구의 변화는 밋밋해진다. 그렇다고 안 던질 수도 없지. 이럴 때는 변화구를 유인구 용도로 쓰는 게 가장 좋아.'

본래 영웅은 변화구도 승부구로 이용했다.

유인구로 던지는 공은 매우 적었다.

그래서 더 잘 통할 가능성이 높았다.

지금까지 보여주지 않았던 모습이니까 말이다.

"후우……."

깊게 한숨을 내쉰 영웅이 와인드업을 했다.

상체를 비튼 뒤 빠르게 회전을 시키며 있는 힘껏 팔을 돌렸다.

"흡!"

기합이 터지자 타자의 허리가 재빨리 돌았다.

전력투구라고 판단을 내린 것이다.

영웅의 오늘 구속은 평균 90마일 후반이었다.

빠른 타이밍에 배트를 돌리지 않으면 제대로 된 타격이 이루어지지 않게 된다.

'어?'

한데 공이 다가오지 않았다.

체인지 오브 페이스였다.

'제길!'

다급히 손목에 힘을 주었다.

스윙의 속도가 느려졌다.

하지만 이대로 간다면 빗맞으면서 범타가 나올 가능성이 높았다.

'최소한 뜬공을……!'

자세를 낮추면서 스윙의 궤적을 어퍼 스윙으로 바꾸었다.

어퍼 스윙은 공을 띄우는 데 적합한 스윙이다.

하지만 스윙과 공의 궤적이 점과 점으로 만나기 때문에 히팅 포인트를 잡기 어렵다.

중심축을 급하게 바꾸는 상황에서 그 히팅 포인트를 잡는 건 매우 높은 기술을 요구했다.

메이저리그이기에 볼 수 있는 고등 기술 중 하나였다.

그러나 영웅은 거기에서 한발을 더 내다보고 있었다.

공이 몸 쪽으로 휘어 들어오기 시작한 것이다.

'서클체인지업?!'

설마 싶었다.

데이터상으로 영웅이 체인지업을 던지는 횟수는 매우 적었다.

그중에서도 서클체인지업은 제로였다.

지금까지 던진 적이 없는 구종을 지금 이 순간에 던지다니?

하지만 타자의 생각은 잘못됐다.

영웅이 던진 건 서클체인지업이 아니다.

싱킹 패스트볼이었다.

단지 구속을 극단적으로 떨어뜨렸을 뿐이다.

딱-!

[빗맞습니다! 3루수 잡아 빠르게 2루로!]

퍽-!

"아웃!"

[그리고 1루에!]

뻐억-!

"아웃!"

[더블플레이가 완성됩니다!]

또 하나.

영웅은 기합 소리를 터뜨리며 일부러 타자에게 전력투구를 한다는 인식을 심어주었다.

여러 복선이 깔려 있는 공이었던 셈이다.

'완전히 당했군.'

이렇게까지 당하면 허탈을 넘어 허무해졌다.

자신보다 몇 수 앞을 내다본 영웅이 괴물처럼 느껴졌다.

영웅은 이후 완전히 패턴을 변경했다.

승부구로 던지던 변화구는 유인구로 바뀌어 타자들의 배트를 이끌었다.

변화가 적어진 만큼 오히려 타자들의 눈에 잘 보여, 상대로 하여금 배트를 내밀게 하였다.

약점까지도 장점으로 바꾸어버렸다.

영웅은 7회까지 호투를 이어갔다.

투구 수는 어느덧 90개가 넘어간 상황.

다음 이닝에서는 바꾸는 게 가장 이상적이었다.

하지만 여전히 스코어는 0의 행진이 이어지고 있었다.

블루제이스는 5회까지만 선발 딘을 등판시켰다.

이후에는 2차전에 선발로 올라왔었던 페드로를 올려 타선을 막았다.

영리한 작전이었다.

에이스가 5차전에 등판할 테니 페드로까지 등판할 가능성은 매우 낮았다.

만에 하나 페드로가 4차전을 온전히 막아낸다면 더더욱 좋은 일이었다.

시리즈가 끝나니 말이다.

하지만 7회말.

경기의 흐름이 바뀌기 시작했다.

딱-!

[페르나 선수, 4구를 강타!]

좌중간에 떨어진 타구에 페르나는 빠르게 1루 베이스를 돌았다.

그사이 공을 잡은 좌익수가 2루로 송구를 했다.

빠르게 날아드는 공과 페르나가 달려드는 모습이 마치 4회의 상황을 연상케 했다.

홈과 2루라는 점이 달라지긴 했지만 인디언스 팬들의 머릿속에 좋지 않던 기억이 떠오른 것이다.

페르나가 몸을 날려 헤드 퍼스트 슬라이딩으로 2루 베이스로 들어갔다.

동시에 공을 포구한 2루수가 페르나의 등을 터치했다.

좌아아앗-!

퍽-!

또다시 잠깐의 적막이 흘렀다.

그리고 2루심의 판정과 함께 적막이 깨졌다.

"세이프!!"

[세이프입니다! 공격적인 주루 플레이로 2루타를 만들어 내는 페르나 선수입니다! 지금 안타로 이번 디비전 시리즈 첫 안타를 기록하게 됩니다!]

페르나의 안타는 뜻 깊은 것이었다.

지금까지 부진에 빠져 있던 그가 쳐 냈기 때문이다.

밀러 역시 기뻐하면서도 발 빠르게 다음 작전을 실행했다.

[여기서 대타 카드를 선택하는 밀러 감독입니다.]

[리카르도 선수가 출전하는군요.]

[올 시즌 중반쯤에 알론조 선수와 트레이드가 된 선수입니다. 페넌트레이스에서는 이렇다 할 활약을 보여주진 못했습니다.]

[하지만 포스트시즌 경험은 매우 풍부한 선수입니다. 이런 상황에선 좋은 카드가 될 수도 있어요.]

포스트시즌을 대비해서 영입했던 리카르도는 지금 자신이 해야 될 역할을 잘 알고 있었다.

'최소한으로는 주자를 3루로 보낸다. 그러기 위해서는 공을 밀어 쳐야 돼.'

우타자인 리카르도가 공을 밀어 치면 우익수 방향으로 날아가게 된다.

타구의 위치에 따라 발이 빠른 페르나가 3루를 노릴 수 있을 것이다.

리카르도는 침착하게 자신이 원하는 공을 기다렸다.

'페드로는 맞혀 잡는 투수다. 패스트볼의 최고 구속은 기껏해야 93~4마일 정도. 게다가 주자도 있으니 어떻게든 그라운드볼을 만들려고 할 거다.'

리카르도의 머릿속에 페드로기 던질 수 있는 구종들이 띠올랐다.

'싱커겠군.'

몸 쪽에 붙는 공을 던질 가능성이 높았다.

몸 쪽에 붙이면 어쩔 수 없이 당겨쳐야 되는데 그렇게 되면 3유간으로 빠지게 되니 말이다.

뻐억-!

"스트라이크!"

[카운트 몰립니다! 투 스트라이크 원 볼!]

바깥쪽 공도 하나 들어왔다.

하지만 타이밍이 조금 늦어 파울이 됐다.

이제 기회는 한 번이었다.

'이번에 싱커를 던질 거다.'

자신은 카운트가 몰렸다. 마음이 조급해지는 것이 보통의 경우다.

상대도 그렇게 판단을 내렸을 거다. 그렇다면 유인구를 던지는 게 분명 좋은 선택이 된다. 그중에서도 싱커는 아직까지 던진 적이 없었다.

카드가 맞춰졌다.

"흡-!"

페드로가 4구를 뿌렸다.

리카르도 역시 스윙을 시작했다.

처음부터 어퍼 스윙이었다.

공의 궤적과는 다른 궤적을 그리고 있었다.

그 순간 공이 밑으로 뚝 떨어지면서 스윙의 궤적에 맞아 들어갔다.

따악-!

[때렸습니다!! 큰 타구가 만들어집니다!!]

타구가 멀리 날아갔다.

뒤따라가던 좌익수가 이내 포기하고 말았다.

그만큼이나 멀리 날아가는 타구였다.

통—!

[넘어갔습니다!! 7회 말! 투런 홈런을 터트리는 베테랑 리카르도 선수입니다!]

인디언스가 선취 득점을 올렸다.

밀러 감독이 주먹을 불끈 쥐었다.

시즌 전체를 보고 트레이드를 한 리카르도.

비록 페넌트레이스에서는 엉망이었지만 포스트시즌에서 한 방을 터뜨려 주었다.

'내 입지가 높아질 거다.'

이런 작은 부분 하나하나도 데이터가 되는 시대다.

인디언스를 떠나더라도 자신의 커리어에는 득이 되는 활약이었다.

'여기서 확실히 점수를 벌려야 돼.'

다시 한번 대타를 냈다.

리카르도와 함께 트레이드가 됐었던 엘런이었다.

그 역시 페넌트레이스에서는 큰 활약을 하지 못했었다.

부진했던 두 사람 때문에 한때 지역 언론에선 트레이드를 결정했던 구단을 비난하기도 했었다.

당시 트레이드가 됐던 알론조가 좋은 활약을 펼쳤기 때문이다.

하지만 밀러 감독은 묵묵히 때를 기다렸다.

바로 포스트시즌을 말이다.

따악-!

[잘 맞은 타구! 중견수 키를 넘깁니다!]

그리고 두 선수는 기대대로 필요할 때 좋은 모습을 보여주고 있었다.

[찬스를 이어가는 인디언스입니다!]

스코어는 2 대 0.

무사 1루의 상황에서 선두타자 파렐이 타석으로 들어섰다.

페드로는 급격하게 흔들리기 시작했다.

이런 상황에서는 안타도 중요하지만 투수의 멘탈을 더 흔드는 게 중요했다.

멘탈을 흔드는 방법은 여러 가지가 있다.

적시타를 때리는 게 가장 좋은 방법이다.

직접적인 타격을 줄 수 있고 또 확실하게 승부의 추를 기울게 할 수 있다.

하지만 가능성은 낮다.

현대 야구에서 3할이란 타율은 고타율로 분류가 된다.

열 번 중 세 번밖에 때리지 못하는데도 고타율이란 소리였다.

고작 30퍼센트의 확률.

이런 중요한 순간에 그런 확률에 모든 걸 걸어야 될 정도로 파렐은 어리석지 않았다.

'타자를 흔드는 법은 다른 방법도 있지.'

쐐애애액-!

페드로의 손을 떠난 공이 매섭게 날아왔다.

그 순간 파렐이 배트를 양손으로 쥐면서 번트 자세를 취했다.

놀란 페드로가 앞으로 달려왔다.

파렐은 여유롭게 공을 지켜보다 변화가 일어나자 그대로 배트를 뺐다.

퍽-!

"볼!"

[기습적으로 번트 자세를 취했던 파렐 선수. 하지만 변화구임을 확인하고 배트를 뺐습니다.]

메이저리그에서 번트는 거의 나오지 않는 작전 중 하나였다.

기본적으로 선수의 능력에 맡긴다.

그것이 메이저리그의 생각이었고 이념이었다.

하지만 포스트시즌은 다르다.

한 경기, 한 경기의 중요성이 페넌트레이스와 비교할 수 없을 정도로 컸다.

경기를 잡기 위해 다양한 작전이 나올 수 있었다.

특히 파렐은 작전 수행 능력이 매우 뛰어난 선수였다.

딱-!

"파울!"

[6구 역시 파울을 만들어냅니다! 풀카운트에서 끈질긴 모습을 보여주는 파렐 선수!]

'장타를 때리는 것만이 베이스볼의 전부가 아니야.'

파렐은 어린 시절 두 명의 선수를 존경했다.

한 명은 타이 콥이었다.

전설의 선수이자 데드볼 시절 가장 뛰어난 성적을 올렸던 인물이다.

그리고 또 한 명은 바로 스즈키 이치로였다.

일본에서 건너온 이치로의 타격은 결코 장타를 노리지 않았다.

어떻게든 출루를 한다.

그런 목적을 가지고 스윙을 했다.

호불호가 갈리기는 했지만 파렐은 그를 존경하고 그의 야구 방식을 존경했다.

그리고 자신도 야구를 할 수 있다는 희망을 가졌다.

왜소한 체격과 수준 미달의 파워는 프로에 오기까지 많은 고난을 주었다.

하지만 존경했던 두 선수의 스킬과 타격을 보면서 지금까지 꿈을 키워왔다.

그 결과 지금은 명실상부 메이저리그 최고의 리드오프 중 한 명이었다.

딱-!

"파울!"

[11구 역시 파울을 만듭니다!]

파렐은 자신이 원하는 공이 아니면 전부 커트를 만들었다.

투수 입장에선 매우 짜증 나는 상황이었다.

결정구라고 생각한 공을 모두 쳐 내니 어떻게 할 방법이 없었다.

이미 인내심과 집중력의 대결이었다.

한데 짜증은 인내심을 조바심으로 바꾸게 만들었다.

'어디 이것도 한번 때려봐!'

페드로가 스플리터를 던졌다.

하지만 악력이 필요한 변화구를 던지기에 페드로의 육체는 지쳐 있었다.

밋밋한 변화가 일어났고 파렐은 그것을 놓치지 않았다.

딱—!

짧은 궤적을 그리며 배트가 돌았다.

힘을 거의 쓰지 않은 밀어친 타구가 3유간을 갈랐다.

마지막 순간 손목을 꺾어 타구에도 약간의 스핀을 주었다.

퉁—!

촤르르륵—!

그 결과 원 바운드가 된 공이 점점 라인 밖으로 흘러나갔다.

[3유간을 가른 타구가 좌익선상을 빠져나갑니다!]

볼보이가 있는 부근을 맞은 공이 다시 라인 안으로 들어왔다.

덕분에 좌익수가 공을 잡을 수 있었다.

하지만 이미 늦었다.

1루에 있던 로건은 이미 3루로 그리고 파렐은 2루에 도착해 있었다.

무사 주자는 2, 3루의 찬스.

이후 2번 타자 로건이 볼넷으로 출루를 하며 타석에는 박형수가 들어섰다.

블루제이스 역시 마지막 카드를 내세웠다.

투수 교체였다.

더 이상 점수를 내주면 위험하다는 판단이었다.

그러나 절정에 오른 타격감의 박형수를 막기엔 무리였다.

따악—!

공을 쪼갤 듯한 타격이 나왔다.

높게 떠오른 타구가 엄청난 스피드로 담장을 넘어갔다.

[넘어갔습니다!! 포스트시즌 첫 그랜드슬램을 기록하는 박형수 선수입니다!]

승부의 추가 기울었다.

4차전은 인디언스의 승리로 돌아갔다.

후반에는 밀러 감독의 계획대로 풀렸지만 썩 기쁘지는 않았다.

'영웅의 투구 수가 너무 많았어.'

7이닝 무실점.

완벽한 피칭이었다.

투구 수는 94개를 기록했다.

일반적이라면 등판은 어림도 없는 상황.

'불펜에 영웅이 있는 것과 없는 것의 차이는 크다.'

그러나 밀러 감독은 자꾸 강영웅 이란 카드를 만지작대고 있었다.

'4차전에서 타자들의 타격감이 전체적으로 올라왔다. 5차전에서도 좋은 모습을 보여주면 좋겠는데…….'

가장 걱정이었던 페르나도 멀티히트를 기록하면서 슬럼프를 벗어나는 모습이었다.

무엇보다 변화구에 당하지 않는 모습을 보여주었다. 그리고 자신의 스윙을 했다.

그런 모습으로 보아 내일 경기에서도 좋은 타격을 보여줄 가능성이 높았다.

'박형수를 3번으로 가고 페르나를 4번으로 간다.'

타순을 재정비했다.

오늘 경기에서 좋은 타격을 했던 선수들을 상위로 올렸다.

"5차전은 총력전을 해야 돼."

마지막으로 투수 명단을 보며 밀러 감독이 자리에서 일어났다.

영웅도 준비를 시키고 싶다.

그러기 위해서는 본인의 의사를 물어야 했다.

밀러 감독은 직접 영웅을 찾았다.

경기 직후이기는 하지만 한시라도 빨리 결정을 내려야 할 일이었다.

마사지 룸에 도착한 밀러 감독은 막 룸에서 나오고 있는 그와 마주쳤다.

"감독."

"잠깐 이야기 좀 가능할까?"

"예."

두 사람은 룸에 있는 테이블에 앉았다.

"시간을 뺏고 싶지 않으니 단도직입적으로 부탁하겠네. 몸 상태에 따라 다르겠지만 내일도 등판해 줄 수 있겠나? 물론 상황에 따라서……."

"등판하겠습니다."

대답은 금방 나왔다.

일말의 망설임도 없는 대답에 밀러 감독이 놀란 표정을 지었다.

설마 선뜻 수락을 할지 몰랐기 때문이다.

"선발로는 힘들겠지만 전력으로 던지면 한 이닝 정도는 막을 수 있습니다."

"그…… 그런가?"

"예. 1년 동안 동료들, 코치 그리고 구단 관계자들이 모두 고생해서 여기까지 왔는데 이대로 끝나면 아쉽잖아요."

에이스의 마음가짐이었다.

각 구단의 에이스는 단순히 공을 잘 던지는 투수가 아니다.

그들은 팀 그리고 팬을 먼저 생각하면서 공을 던진다.

영웅은 스스로도 에이스라는 자각을 가지고 있는 것이었다.

6장
챔피언 시리즈를 향하여

　5차전은 다시 인디언스의 홈인 프로그레시브 필드에서 열렸다. 홈팬들의 응원을 등에 업고 경기를 한다는 건 엄청난 어드밴티지였다.

　경기 전.

　인디언스의 선수는 모두 라커룸에 모여 있었다.

　밀러 감독의 스타일은 자유로운 분위기를 추구하는 것이었다.

　하지만 디비전 시리즈 5차전이다.

　앞으로 나아가느냐 아니면 여기서 올 시즌이 끝나느냐의 중대한 기로에 서 있는 상황.

　그동안의 스타일을 버리더라도 한마디를 해야 했다.

　"드디어 챔피언 시리즈를 위한 마지막 경기가 눈앞에 다가왔다."

이번 경기의 승자가 리그 챔피언을 결정짓는 챔피언 시리즈에 진출한다.

그리고 다음을 바라볼 수 있는 권한이 주어진다.

"다들 6개월 동안 고생이 많았다. 하지만 우리의 시즌은 아직 끝나지 않았다. 경기장에서 우리를 기다리는 많은 팬을 위해서라도 다시 한번 힘을 내도록 하자."

"예!"

선수도 모두 각오를 다졌다.

그 모습에 만족한 밀러 감독이 고개를 끄덕였다.

"난 오늘 경기가 끝이라고 믿지 않는다. 우리는 다음 그리고 그다음에도 승리하여 반지를 손에 끼게 될 것임을 믿어 의심치 않는다!"

다들 같은 생각이었다.

현재 클리블랜드 인디언스는 메이저리그에서 가장 긴 시간 월드시리즈 우승을 하지 못한 팀이었다.

올 시즌은 그 저주를 깰 수 있는 가장 좋은 찬스였다.

디비전 시리즈에서 발목을 잡힐 생각이 전혀 없었다.

"가자!"

팀 주장 페르나의 외침과 함께 선수들이 그라운드로 향했다.

[챔피언 시리즈로 가기 위한 마지막 경기! 디비전 시리즈

5차전이 열리는 클리블랜드 프로그레시브 필드에서 인사드립니다. 오늘 두 팀 중 한 팀은 탈락을 하게 됩니다. 우리들의 염원은 아무래도 인디언스가 승리를 쟁취해 주길 바라는 건데요.]

[맞습니다. 하지만 오늘 선발인 스티븐 레일리가 2차전에서 너무 부진을 했습니다. 과연 그 영향이 없을지 걱정이 됩니다.]

[동의합니다. 오늘 경기는 인디언스의 마무리에 달려 있다, 이렇게 볼 수 있습니다.]

[그렇군요. 그럼 승패의 키를 쥐고 있는 선수를 만나 볼까요? 마운드에 클리블랜드 인디언스의 선발 투수인 스티븐 레일리 선수가 연습 투구를 하고 있습니다.]

신장이 크고 팔 다리가 긴 스티븐 레일리는 스리쿼터에서 던지는 강속구가 일품이었다.

최고 99마일까지 던지는 패스트볼에 평균 구속이 90마일 중반이었다.

던질 수 있는 변화구는 슬라이더, 커브, 싱커 그리고 체인지업과 포크볼이 있었다.

2차전에서는 주 무기 중 하나인 포크볼이 가운데로 몰리면서 난타를 당했다.

[오늘 경기에서 주목해야 될 점은 레일리 선수의 포크볼입니다. 2차전처럼 가운데로 몰린다면 또 대량 실점의 위험도 있을 거예요.]

[예, 연습 투구가 끝나고 타석에 타자가 들어섭니다.]

손끝에 로진을 묻힌 레일리가 크게 한숨을 내쉬었다.

"후우……."

마음을 진정시키고 마운드에 섰다.

"플레이볼!"

[경기 시작됩니다!]

디비전 시리즈 5차전이 시작됐다.

[스티븐 레일리, 7구 던집니다.]

큰 포물선을 그린 공이 날아왔다.

스윙 타이밍을 늦춘 타자의 배트가 히팅 포인트를 향해 매섭게 돌았다.

딱-!

하지만 공은 그보다 공 한 개쯤 더 아래로 떨어졌다.

배트의 밑에 맞은 공이 허무하게 내야를 굴렀다.

픽-!

빠른 타구를 글러브로 캐치한 파렐이 가볍게 1루로 뿌렸다.

휘익-!

뻐억-!

"아웃!!"

[아웃입니다! 어렵게 세 번째 타자를 마무리 짓는 레일리 선수, 마운드를 내려갑니다.]

우려와 달리 레일리는 안정감을 찾았다.

6이닝 무실점 피칭을 하면서 2선발다운 모습을 보여주었다.

블루제이스 역시 마운드가 안정적이었다.

안타를 다수 내주긴 했지만 여전히 무실점으로 마운드를 지키고 있었다.

'레일리의 투구 수를 봤을 때 7회까지가 한계일 거다.'

페넌트레이스 레일리의 평균 투구 수는 107개.

현재 101개로 7회에는 120개까지 늘어날 가능성이 있었다.

'일단 준비를 시켜야겠군.'

밀러 감독이 투수 코치에게 수신호를 주었다.

투수 코치는 곧 불펜으로 전화를 걸었다.

'이번 이닝 점수를 내주면 좋겠는데.'

타순도 좋았다.

2번 로건이 선두 타자로 타석에 섰다.

[첫 번째 타석에서 안타, 두 번째 타석에서는 우익수 플라이로 물러났던 로건 선수가 세 번째 타석에 들어섭니다.]

로건을 상대로 재크 밀러는 빠르게 3개의 공을 던졌다.

초구는 슬라이더로 헛스윙을 유도했다.

2구는 패스트볼을 던졌지만 제구가 되지 않았다.

3구 역시 변화구를 던졌지만 로건이 참아내며 볼카운트는 2볼 1스트라이크가 됐다.

[불리한 볼카운트의 재크 밀러 선수, 4구 던집니다.]

불리한 볼카운트.

그러니 스트라이크존으로 공을 던질 것이다.

로건은 그렇게 판단했다.

배트가 빠르게 회전했다. 그 순간 공이 한 번 더 변화하더니 밑으로 뚝 떨어졌다.

후웅-!

퍽-!

"스트라이크!!"

원 바운드가 된 공이 포수의 미트에 들어갔다.

로건의 얼굴이 일그러졌다.

'이 상황에서 다시 한번 변화구라니.'

재크 밀러는 배짱이 있었다.

볼이 된다면 쓰리 볼로 완전히 몰리는 상황이다.

데이터를 보더라도 투 볼 원 스트라이크보다 쓰리 볼 원 스트라이크에서 안타가 나올 확률이 높아진다.

투수는 반드시 스트라이크존으로 공을 넣어야 하기 때문이다.

그런데도 밀러는 변화구를 던졌다. 웬만한 배짱이 없다면 할 수 없는 일이다.

'조금 더 침착하게.'

투 볼 투 스트라이크.

이제는 자신이 불리한 볼카운트가 됐다.

로건은 침착하게 공을 지켜봤다.

딱-!

"파울!"

[5구는 파울이 됩니다!]

이후 6구 역시 파울을 만들어냈다.

[로건 선수, 볼카운트가 몰렸지만 침착하게 공을 커트해내고 있습니다.]

로건은 끈질겼다.

이번 이닝이 중요하다고 판단했기 때문이다.

'어떻게든 기회를 박과 페르나에게 이어줘야 된다.'

1루에 주자가 있는 것과 없는 것의 차이는 크다.

그걸 알기에 로건은 끈질겨질 수밖에 없었다.

퍽―!

"볼!"

[7구, 볼이 됩니다! 끈기로 풀카운트를 만들어내는 로건 선수!]

"후우……."

로건이 타석에서 물러나 호흡을 골랐다.

그의 눈에 신경질적으로 마운드를 차는 밀러의 모습이 보였다.

'슬슬 짜증이 나나 보네.'

인내심 대결이었다.

로건은 자신이 우위를 점했다고 판단했다.

풀카운트 상황.

밀러가 선택할 수 있는 구종과 코스는 한정적일 수밖에 없었다.

'존에 넣을 거다. 놓치지 않아.'

당연한 선택이었다.

절정의 타격감을 가진 박형수와 살아나기 시작한 페르나

의 앞에 주자를 두고 싶지 않을 테니 말이다.

"흡-!"

밀러가 공을 뿌렸다.

빠르게 날아오는 공에 타이밍을 맞춰 로건의 배트가 돌아 갔다.

그 순간 공이 변화했다.

정확히 이야기하면 허공에 뚝 멈추는 것 같더니 공 밑으로 추락한 것이다.

'제길!'

급하게 자세를 낮췄다.

하지만 공의 변화를 따라갈 수 없었다.

후웅-!

퍼픽-!

원 바운드가 된 공이 포수의 미트에 꽂혔다.

뒤이어 포수가 미트로 로건의 엉덩이를 툭 쳤다.

"아웃!"

[아쉽습니다! 변화구에 헛스윙 하는 로건 선수! 아웃입니다.]

[예상치 못한 공이 들어왔어요. 설마 풀카운트에서 원 바 운드 되는 변화구를 던질 줄은 몰랐습니다. 게다가 오늘 던 진 스플리터 중 가장 좋은 궤적을 그렸습니다.]

로건이 이를 악물었다.

설마 그 상황에서 변화구를 던질 줄이야.

예상하지 못했다.

밀러에게 완벽히 당했다.

아쉬워하며 더그아웃에 돌아온 로건이 막 헬멧을 벗을 때였다.

따악-!

"오오!"

"쳤다!"

경쾌한 소리와 함께 더그아웃이 술렁였다.

로건의 고개가 돌아갔다.

그의 눈에 빠르게 1루로 달려가는 박형수가 보였다.

'타구는?!'

외야로 시선을 옮겼다.

박형수가 달려가는 속도를 보았을 때 2루까지 노린다고 판단했기 때문이다.

하지만 이미 타구는 우익수의 손에 들려 있었다.

1루 주루 코치 역시 양손을 들어 박형수의 주루를 막았다.

'어떻게 된 거지?'

잠깐 한눈을 판 사이 펼쳐진 일이었다.

[박형수 선수! 1루에 멈춥니다!]

[좋은 판단입니다. 우익수의 어깨가 강견이기 때문에 무리하게 2루를 노릴 필요가 없었습니다.]

[자, 다시 보시죠.]

화면이 바뀌었다.

박형수가 타석에서 타격을 하는 순간이었다.

밀러의 초구는 몸에 붙는 패스트볼이었다.

그 공을 그대로 당겨 때렸다.

다이렉트로 날아간 공이 1루수의 머리 위를 지나 펜스에 부딪혔다.

문제는 타구의 스피드가 너무 빨랐다는 거다.

펜스에 부딪힐 때까지 힘이 죽지 않은 타구는 멀리까지 튀어나왔다.

덕분에 우익수가 빠르게 잡을 수 있었다.

[너무 잘 때려서 1루타밖에 안 됐습니다.]

[이런 경우는 정말 드문 일인데요.]

[타구의 각도가 조금만 높았어도 홈런이 되었을 타구인데요. 아쉽습니다.]

본인 역시 아쉬웠다.

하지만 뒤에 페르나가 있기에 큰 걱정은 하지 않았다.

'한 방 날려라.'

타석에 들어서는 페르나를 눈으로 좇으며 생각했다.

4차전에서 페르나는 좋은 모습을 보여주었다.

밀러 감독은 단번에 페르나를 4번으로 배치했다.

그만큼 그를 믿는단 뜻이었다.

부담을 느낄 수도 있지만 페르나의 표정에는 그런 모습이 없었다.

그건 밀러 역시 마찬가지였다.

1차전에서 페르나를 농락했었던 밀러다.

페넌트레이스라면 모를까 포스트시즌에서는 자신이 한 수 위였다.

두려워할 이유가 없었다.

밀러는 자신의 공을 뿌리며 순식간에 투 스트라이크를 잡았다.

[노 볼 투 스트라이크! 페르나 선수를 몰아붙이는 밀러 선수입니다!]

만약 4차전 이전이었다면 페르나는 마음이 급해졌을 거다.

하지만 지금은 아니었다.

비록 볼카운트는 불리했지만 급하게 생각하질 않았다.

그러니 신기하게도 상대의 의도가 읽어졌다.

'날 얕보고 있다.'

자신이라도 그럴 것이다.

영웅을 리드할 때라면 공격적으로 몰아붙였을 거다.

그리고 마지막 공은.

[밀러 선수, 3구 던집니다!]

쐐애애액-!

'스플리터를 요구하겠지.'

직전 타석에서 박형수에게 초구에 스플리터를 허용했다.

그 모습을 대기 타석에서 타자가 보고 있었다.

그렇다면 스플리터를 던지지 않을 거란 판단을 했을 가능성이 높다.

그렇기에 허를 찔러 스플리터를 요구할 거다.

자신이라면 말이다.

배트를 돌리는 페르나의 눈에 공이 떨어지는 게 보였다.

'정답이야.'

따악-!

배트에 공이 맞는 순간이 눈에 들어왔다.

페르나는 망설이지 않고 팔로스윙을 끝까지 가져갔다.

완벽한 스윙이었다.

[쳤습니다!! 멀리 날아가는 타구!]

배트를 땅에 내려둔 페르나가 1루 베이스로 달려가며 힐끔 뒤를 바라봤다.

마스크를 벗고 멍하니 서 있는 블루제이스의 포수가 눈에 들어왔다.

같은 레벨의 포수였다.

그렇기 때문에 지금의 타구를 만들어낼 수 있었다.

퉁–!

[넘어갔습니다!! 투런 홈런으로 제로의 행진을 깨는 페르나 선수입니다!]

슬럼프에서 벗어난 페르나의 활약에 프로그레시브 필드가 들썩였다.

스티븐 레일리는 7회까지 던졌다.

무실점으로 이닝을 마감하면서 자신의 역할을 충실히 해냈다.

더 이상 2차전에서의 흔들림은 볼 수 없었다.

밀러 감독의 부담을 덜어주는 피칭이었다.

스코어는 2 대 0.

승부의 추가 기울기 시작했다.

프로그레시브 필드를 채운 인디언스 팬들이 상기되기 시작했다.

챔피언십 진출이 코앞으로 다가왔기 때문이다.

하지만 밀러 감독은 결코 방심하지 않았다.

'2점은 언제든지 뒤집힐 수 있다.'

2 대 0이란 점수 차이는 없는 것과 마찬가지다.

특히 8회와 9회는 타자들의 집중력 역시 매우 높아지는 이닝이다.

그렇기에 조심 또 조심해야 했다.

밀러 감독은 다시 한번 명단을 확인했다.

현재 인디언스의 필승조는 총 4명이었다.

마무리 잭슨을 제외하면 3명.

그중에서 가장 믿을 수 있는 건 웨일이었다.

필승조의 한 명으로 페넌트레이스에서 3점대의 평균 자책점을 기록했다.

나머지 두 사람은 4점대의 평균 자책점을 기록, 썩 좋다고는 할 수 없었다.

밀러 감독의 시선이 다른 한 명의 투수에게로 향했다.

바로 영웅이었다.

원래라면 명단에서 빠졌어야 하는 이름.

하지만 그는 포함되어 있었다.

불과 이틀 전 90개 이상의 공을 던졌음에도 감독의 마음에선 가장 믿음직한 선수였다.

'아니야. 상식적으로 생각해도 영웅을 올릴 수 없어.'

챔피언 시리즈도 생각해야 했다.

아쉽지만 그 카드는 버려야 했다.

'일단 웨인을 올린다.'

그는 정석을 택했다.

결정을 내린 밀러 감독은 곧장 불펜으로 전화를 넣었다.

이미 투수들의 웜업은 끝난 상황.

언제든지 등판이 가능했다.

7회 말, 인디언스는 무득점으로 공격이 끝났다.

[8회 초! 인디언스의 마운드가 교체됩니다. 웨일 선수가 올라옵니다.]

마운드에 올라온 웨일은 자신의 공을 안정적으로 뿌려나 갔다.

기교파에 가까운 웨일은 다양한 변화구로 타자들을 현혹 시키는 유형의 투수였다.

90마일 중반의 빠른 공 역시 강력한 무기였다.

[초구 던집니다!]

웨일의 선택은 패스트볼이었다.

오랜만의 실전이기도 했기에 일단 실전의 감을 잡아야 했다.

좌투수인 그의 손을 떠난 공이 좌타자의 몸 쪽을 파고들 었다.

뻐억-!

"스트라이크!!"

[초구 스트라이크를 잡습니다.]

괜찮은 공이 나왔다.

볼 끝도 좋았고 제구 역시 상당히 날카로웠다.

2구는 변화구를 택했다.

커브를 던졌지만 타자의 배트는 나오지 않았다.

3구는 슬라이더를 던졌다.

아웃코스에서 다시 아웃코스로 흘러나가는 슬라이더였지만 이번에도 배트는 나오지 않았다.

[투 볼 원 스트라이크가 됩니다.]

[변화구에 배트가 잘 나오지 않고 있습니다.]

타자들의 집중력이 높아진 것이다.

마지막을 향해 달려가는 8이닝이기에 그들의 집중력은 평소 치를 넘어서고 있었다.

'칫…….'

웨일의 마음이 조금씩 급해졌다.

디비전 시리즈, 그것도 5차전.

2점의 리드를 안고 있는 불안한 상황에서 등판했다는 중압감이 그의 어깨를 짓눌렀다.

실수를 헤서는 안 된다.

부담감은 그의 손끝을 무뎌지게 만들었다.

"흡!"

[4구 던졌습니다!]

공이 손을 떠나는 순간.

아차 싶었다.

제대로 긁히지 않았다.

타자를 향해 날아가는 공은 변화하지 않고 그대로 타자의 몸을 향했다.

퍽─!

"윽!"

둔부에 공을 맞은 타자가 신음을 흘렸다.

[데드볼이 나옵니다!]

금세 고통을 잊은 타자가 빠르게 1루로 달려갔다.

밀러 감독의 얼굴이 굳어졌다.

설마 데드볼로 타자를 내보낼 줄은 몰랐다.

그는 투수 코치를 불렀다.

"올라가서 확인해 봐. 여차하면 교체시켜도 좋아."

"알겠습니다."

[투수 코치가 마운드를 방문합니다!]

마운드에 방문한 투수 코치가 웨일의 상태를 체크했다.

짧은 대화가 이어지고 투수 코치는 다시 더그아웃으로 돌아왔다.

"몸 상태는 좋은 거 같습니다. 제대로 긁히지 않아 실투가 나온 것으로 생각합니다. 본인의 상태를 잘 알고 있는 상황이니 바꾸지 않아도 될 거 같습니다."

"그렇군."

밀러 감독은 고민을 하다 불펜에 직접 전화를 넣었다.

뚜르르르─!

불펜 코치는 벨이 울리자 곧장 전화를 받았다.

-날세.

"예."

-강영웅과 잭슨, 두 사람을 준비시키도록 해.

"강을 말입니까?"

-그래.

다시 한번 확인한 불펜 코치가 전화를 끊었다.

그리고 몸을 돌려 의자에 앉아 있는 두 사람을 불렀다.

"강! 잭슨!"

손가락으로 불펜을 가리켰다.

블루제이스도 움직이기 시작했다.

주자를 발 빠른 선수로 교체하고 타자 역시 교체시켰다.

[우타자를 빼고 좌타자 해밀 선수가 나옵니다!]

좌타자는 좌투수에게 약하다라는 이론이 있다.

실제 데이터를 보더라도 좌타자들의 평균 타율은 좌투수에게 떨어지는 게 사실이었다.

간혹 강한 타자들도 있지만 일부에 불과했다.

'데이터는⋯⋯.'

밀러 감독이 해밀의 데이터를 확인했다.

애매했다.

썩 좋은 타율은 아니었다.

그렇다고 좌타자를 상대로 좋은 성적을 낸 것도 아니었다.

'이해할 수 없군.'

어째서 블루제이스가 교체를 했는지 알 수 없었다.

사실 해밀은 좌투수를 저격하기 위한 저격수였다.

연습 기간 동안 오로지 좌투수를 상대로만 배팅 연습을 해서 그 감각을 키웠다.

그 결과 해밀의 타격 감각은 좌투수에게 맞춰져 있었다.

페넌트레이스라면 이런 훈련은 독이지만 단기전에서는 득이 될 가능성이 높았다.

그리고 블루제이스의 선택은 옳았다.

따악-!

[3구를 통타! 빠르게! 그리고 멀리 날아갑니다!]

하늘 높이 떠오른 타구가 엄청난 속도로 날아갔다.

홈런이라는 생각이 들 정도였다.

하지만 펜스에 다가간 공이 서서히 떨어지기 시작했다.

'잡을 수 있다.'

우익수 하파엘이 펜스에 붙어 점프할 준비를 했다.

그 모습을 본 주자도 2루 베이스 앞에서 멈춰야 했다.

만약 잡는다면 귀루를 해야 하기 때문이다.

"지금!"

하파엘이 점프를 했다.

새처럼 날아오른 하파엘이 있는 힘껏 팔을 뻗었다.

퍽-!

공이 펜스 상단을 때리고 튕겨져 나왔다.

그 순간 주자가 2루를 돌아 3루로 전력질주를 했다.

홈까지 노리겠다는 의도가 확실히 보였다.

하지만 3루 주루 코치가 그를 막았다.

백업 플레이를 들어갔던 중견수가 이미 송구를 시작했기 때문이다.

[1루 주자 3루에 멈춥니다! 좋은 백업 플레이로 점수는 내주지 않았습니다. 하지만 무사에 주자는 2, 3루가 됩니다.]

최악의 상황이었다.

'잭슨을 올릴까?'

마무리 잭슨.

확실히 매력적인 카드다.

하지만 페넌트레이스 후반의 부진이 마음에 걸렸다.

또한 한 점도 주면 안 되는 상황이다.

영웅이란 또 다른 카드로 기우는 이유였다.

"감독!"

그때 투수 코치가 다급하게 말했다. 한시라도 빨리 결단을 내려야 되는 상황이다. 밀러 감독은 투수 코치에게 뭐라 이야기를 하고 마운드로 향했다.

[아─! 여기서 감독이 마운드를 방문합니다. 결국 웨일 선수 교체가 됩니다. 다음 투수는…… 강영웅 선수입니다!]

프로그레시브 필드가 술렁였다.

대부분의 사람이 잭슨이 올라올 것이라 예상했다.

최소한 영웅이 올라올 것이라 예상한 사람은 많지 않았다.

[이거 의외네요. 4차전에서 90개 이상의 공을 던졌던 강영웅 선수를 5차전에서도 기용을 하는군요.]

캐스터 역시 놀란 목소리였다.

경기 전, 많은 전문가가 영웅의 등판을 점치기도 했다.

하지만 조건이 있었다.

경기가 박빙일 경우일 때만 등판할 것이라 예상했다.

물론 현재까지는 박빙이다.

2점 차는 어떻게 보면 없는 점수라고도 생각할 수 있다.

그러나 아직 남아 있는 투수가 있었다. 팀의 새로운 마무리인 잭슨이 건재했다.

4차전에서 잭슨은 공을 던지지 않았다. 대량 득점을 한 인디언스는 투수를 아꼈기 때문이다.

그런데도 밀러 감독은 영웅을 택했다.

[이해가 안 되는 건 아닙니다. 벼랑 끝에 몰렸고 단타 하나로도 동점이 가능한 상황입니다. 잭슨이 마무리이기는 하지만 무게감은 강영웅 쪽으로 좀 더 기울기도 하고요.]

[하지만 이후의 일정도 염두에 둬야 되는 거 아닐까요?]

[예, 아마 밀러 감독은 챔피언 시리즈 1차전에 강영웅 선수를 염두에 두지 않는 거 같습니다.]

우려 속에 연습 투구를 끝낸 영웅은 가볍게 어깨를 돌렸다.

통증이 있는 건 아니었다.

다만 묵직했다.

이틀전의 피로가 완벽하게 풀리지 않았다.

최고의 몸 상태여도 어려운 상황이었다.

그런데 몸 상태는 최악이니 부담감이 그의 어깨를 짓눌렀다.

단 하나의 안타로도 치명타가 되는 상황.

이런 상황에서의 등판은 처음이었다.

하지만 그의 머릿속에는 꿈의 그라운드에서 들었던 조언

들이 떠올랐다.

"때로는 동료가 만들어낸 위기를 내가 해결해야 할 때도 있다. 그럴 때는 눈앞의 것만 생각하면 된다. 괜히 뒤에까지 생각했다간 공이 무뎌질 수도 있어."

"후우……."

조언을 떠올리며 깊게 한숨을 내쉬었다.

캄캄했던 어둠 속에서 길이 보였다. 정답을 알았으니 그걸 실천하기만 하면 됐다.

마운드에 서자 구심이 경기 속행을 알렸다.

"플레이볼!"

위기 속에서 경기가 재개됐다.

페르나는 2루와 3루 주자를 확인한 뒤 사인을 냈다.

'바깥쪽 패스트볼.'

안전하게 가는 쪽을 택했다.

고개를 끄덕인 영웅이 와인드업을 했다.

주자가 있긴 하지만 2, 3루였다.

또한 1점이 중요한 게 아니라 주자를 모아 대량 득점을 노려야 되는 상황이다.

홈스틸을 노릴 가능성은 적었다.

그걸 알기에 영웅은 풀 와인드업 포지션에서 전력투구를 했다.

"차앗!"

뻐억-!

손을 떠난 공이 순식간에 미트에 꽂혔다.

강력한 구위가 느껴졌다.

고작 하루를 쉬고 올라온 투수의 공이 아니었다.

구속 역시 97마일이 찍히면서 평소와 같은 모습이었다.

한 가지.

미트가 존을 벗어났다는 게 달랐다.

"볼!"

페르나가 던진 공을 받은 영웅은 손가락으로 가볍게 쥐고 회전시켰다.

휘리릭-!

픽!

공이 공중에 떠올랐다 떨어졌다.

'손의 감각이 평소보다 둔하다.'

공을 놓는 위치가 평소와 달라 제구가 되지 않았다.

'조금 더 빠르게 던져야겠어.'

판단을 내린 영웅이 2구를 뿌렸다.

이번에도 바깥쪽 패스트볼이었다.

뻐억-!

방금 전보다 공 반개는 더 안쪽으로 들어왔다.

구심의 손이 올라가려다 멈췄다.

"볼!"

[아슬아슬하게 볼이 됩니다!]

아슬아슬하다곤 하지만 존을 벗어난 공이었다.

그걸 알기에 영웅은 아쉬워하지 않았다.

'조금 더 빠르게……'

사인은 몸 쪽으로 나왔다.

페르나 역시 영웅의 제구가 서서히 잡힌다는 걸 깨달은 것이다.

풀 와인드업을 한 영웅이 전력을 다해 공을 뿌렸다.

평소보다 빠른 박자에서 공을 챘다.

쐐애애액-!

그의 손을 떠난 공이 무서운 속도로 타자의 몸쪽을 파고들었다.

바깥쪽을 생각하던 타자의 배트가 나오다 멈췄다.

직후 홈 플레이트 위를 공이 지나갔다.

뻑-!

"스트라이크!!"

[첫 번째 스트라이크가 올라갑니다!]

[이번에도 구속은 97마일이 나왔어요. 하루밖에 쉬지 않았는데도 여전히 좋은 구속입니다.]

[구위는 어떻게 보시나요?]

[타자들의 반응을 봐야겠지만 화면상으로는 좋아 보입니다.]

공을 돌려받은 영웅은 가볍게 공을 쥐었다.

원하는 코스에 공이 들어갔다.

이 감각을 유지해야 된다.

'내가 책임져야 되는 건 세 명의 타자다. 뒤를 볼 필요는

없어.'

바닥에 있는 모든 힘을 쥐어짜 내야 했다.

영웅은 다시 피처 플레이트를 밟았다.

[4구 던집니다.]

쐐애애액-!

딱-!

"파울!"

[바깥쪽 낮은 코스로 잘 들어간 공을 커트해냅니다.]

[좋은 코스였습니다. 바깥쪽과 몸 쪽을 연달아 던지면서 타자의 머리를 복잡하게 하고 있어요.]

4구 연속 패스트볼을 던졌다.

페르나는 고민을 하다 결정구를 요구했다.

'고속 슬라이더.'

적절한 선택이었다.

고속 슬라이더의 변화는 패스트볼처럼 날아오다 홈 플레이트 앞에서 급격하게 휜다.

타자는 패스트볼이라 생각하고 배트를 휘두를 수밖에 없다.

순간적으로 대응하는 타자도 존재한다.

하지만 패스트볼에 눈이 익었던 타자의 입장에선 순간 대응하긴 어려울 것이다.

고개를 끄덕이고 와인드업을 한 영웅이 5구를 뿌렸다.

쐐애애액-!

공이 손에서 떠나는 순간.

아차 싶었다.

제대로 공의 실밥을 채지 못했기 때문이다.

실수는 곧 실투로 이어졌다.

공은 제대로 변화하지 않고 밋밋하게 날아갔다.

고속 슬라이더가 구속은 빠르다 하더라도 회전수 자체는 포심 패스트볼에 비해 떨어질 수밖에 없다.

즉, 구위가 약하다는 뜻이다.

타자는 그런 공을 놓치지 않았다.

후웅—!

묵직한 소리와 함께 돌아간 배트가 공을 그대로 때려냈다.

따악—!

경쾌한 소리와 함께 타구가 매섭게 날아갔다.

퍽—!

영웅은 등 뒤에서 들리는 묵직한 소리에 고개를 돌렸다.

그의 눈에 유격수 파렐이 몸을 날려 공을 잡은 게 들어왔다.

파렐은 누운 상태 그대로 2루로 공을 던졌다.

퍽—!

"세이프!!"

하지만 2루 주자의 귀루가 빨랐다.

3루 주자 역시 홈을 노렸지만 2루수의 빠른 견제로 달릴 수 없었다.

[대단한 호수비가 나왔습니다! 실점을 막아내는 파렐 선수의 다이빙캐치!]

[다음 순간 선수들의 집중력 있는 플레이도 좋았습니다.

아주 멋졌어요!]

좋은 플레이가 연달아 나왔다.

영웅의 어깨가 한결 가벼워졌다.

"후우⋯⋯."

만약 공이 빠졌다면 1점은 물론 2점까지 줄 수도 있는 상황이었다.

그만큼 타구는 빨랐고 코스 역시 좋았다.

영웅은 글러브를 들어 파렐에게 고맙다는 의사를 보냈다.

'집중⋯⋯ 집중⋯⋯.'

실투는 영웅의 집중력을 끌어올리는 계기가 됐다.

"플레이볼!"

경기가 재개됐고 영웅은 그 어느 때보다 높은 집중력으로 공을 뿌렸다.

뻐억-!

"스트라이크!!"

[초구 96마일의 빠른 공이 배트 위를 지나갑니다!]

[라이징 무브먼트의 패스트볼이었습니다.]

딱-!

"파울!"

[2구는 파울이 됩니다!]

[배트가 밀리고 있어요. 아직 공에 힘이 있다는 증거입니다!]

뻑-!

"볼!"

[3구 유인구에 배트 나오지 않습니다.]

[하이 패스트볼이었지만 배트를 유인하기엔 너무 높게 들어갔습니다.]

따악—!

"파울!"

[4구 다시 파울이 됩니다!]

[아슬아슬하게 파울을 만들어내네요. 아쉽습니다.]

"후우……."

깊은 한숨을 뱉은 영웅이 와인드업과 함께 5구를 뿌렸다.

쐐애애액—!

포심 패스트볼의 궤적을 그리며 날아오는 공에 타자의 배트가 돌았다.

그 순간 공이 뚝 떨어졌다.

스플리터였다.

후웅—!

퍽!

"아웃!"

[삼진입니다! 스플리터로 두 번째 아웃 카운트를 잡아냅니다!]

[배터리의 배짱이 정말 대단합니다. 공이 빠지면 주자가 들어올 수도 있는 상황에서 떨어지는 변화구를 던졌어요.]

두 번째 아웃 카운트가 올라갔다.

무사 2, 3루의 찬스에서 점수를 올리지 못한 블루제이스의 더그아웃은 초조해졌다.

어떻게 보면 이번이 마지막 기회일 수도 있다.

‘어떻게든 때려야 돼.’

초조함은 타자의 스윙을 무디게 만들었다.

그리고 영웅과 페르나는 그 빈틈을 잘 알고 있었다.

쐐애애액―!

[초구 던졌습니다!]

공이 빠르게 날아왔다.

궤적이 패스트볼을 그리고 있었기에 타자의 배트가 초구부터 돌아갔다.

후웅―!

그 순간 공이 다시 한번 밑으로 떨어졌다.

딱―!

빗맞은 타구가 원 바운드가 되어 영웅에게 되돌아갔다.

퍽―!

안전하게 잡은 영웅이 1루로 공을 던졌다.

퍽―!

“아웃!”

[세 번째 아웃 카운트가 올라갑니다! 무사 2, 3루의 위기를 이겨내는 강영웅 선수입니다!]

9회 초.

마운드가 다시 한번 교체됐다.

스코어 2 대 0의 리드를 안고 마무리 잭슨이 올라왔다.

최고 구속 100마일의 빠른 공을 앞세운 잭슨은 두 개의 아웃 카운트를 순식간에 잡아냈다.

영웅의 피칭에 자극을 받은 듯 잭슨은 전력투구를 이어갔다.

마지막 타자가 들어섰지만 이미 기세가 오른 잭슨을 이길 수 없었다.

뻐억—!

"스트라이크!! 배터 아웃!"

[삼진입니다! 세 번째 아웃 카운트가 올라가면서 챔피언 시리즈 진출을 확정짓습니다!]

카메라에 선수들이 얼싸안는 모습이 찍혔다.

더그아웃에서도 선수들이 달려 나와 승리의 기쁨을 느꼈다.

그 사이에는 영웅도 있었다.

첫 디비전 시리즈.

영웅은 2승 무패 1홀드를 기록, 완벽한 피칭을 이어갔다.

클리블랜드는 축제 분위기였다.

2016년 이후 무려 6년 만에 챔피언 시리즈에 진출한 것이다.

당시에는 월드시리즈까지 진출을 했다.

우승에는 실패했지만 이번에는 다를 거라 기대했다.

그 중심에는 영웅이란 강력한 선수가 있었다.

디비전 시리즈에서도 팀의 위기 순간에 등판해 깔끔하게 이닝을 마무리했다.

그 모습을 지켜보던 사람들은 그를 이렇게 불렀다.

[마운드의 히어로]

위기에서 팀을 구해주는 모습이 딱 히어로 같았다.

과거에도 몇몇 사람이 그를 히어로라 불렀지만 이제 대중적 별명이 되었다.

많은 언론 매체에서도 그의 이름 앞에 마운드의 히어로란 이름을 붙였다.

관심의 중심이 된 영웅은 회복에 한창이었다.

하루 휴식 후 연속 등판은 강인한 체력을 가진 그에게도 무리가 되었다.

충분한 휴식이 필요했다.

하지만 현실적인 문제가 있었다.

당장 이틀 뒤부터 챔피언 시리즈가 시작된다.

5차전에서 던진 공이 적다 하더라도 전력투구를 했기 때문에 부작용은 있었다.

밀러 감독이 그를 부른 이유기도 했다.

"1차전에서 자네를 선발로 올리고 싶지만 상황상 그럴 수 없을 거 같은데. 자네 생각은 어떤가?"

시리즈 1차전이란 건 의미가 크다.

그 팀의 에이스 투수가 올라온다고 생각하기 때문이다.

하지만 인디언스는 1선발과 2선발 투수가 4차전과 5차전에서 선발 등판을 했다.

영웅은 5차전에서도 피칭을 했고 말이다.

즉, 등판이 어려운 상황.

그럼에도 의사를 확인한다는 건 압박이나 그런 의미가 아니었다.

존중이었다.

"감독님의 의견을 따르겠습니다. 단, 언제든지 등판할 준비는 하고 있겠습니다."

"언제든지 말인가?"

"예, 여기까지 온 이상 동료들과 우승을 하고 싶습니다."

우승에 대한 의욕이 강했다.

당연한 일이었다.

선수들마다 야구를 하는 목적은 다르다.

돈, 명예, 직업, 좋아하니까.

여러 이유가 있지만 챔피언 시리즈까지 온 이상 그들의 목적은 하나다.

월드시리즈 우승.

메이저리그 선수들 중 평생 동안 우승반지를 손에 끼지 못하고 은퇴하는 이들은 수도 없이 많았다.

그만큼 우승은 선수 한 명의 힘으로 이룰 수 없는 것이었다.

영웅은 그 사실을 잘 알고 있었다.

꿈의 그라운드의 레전드 플레이어들 중 우승 반지가 없는 이가 많았기 때문이다.

그들과 이야기를 할 때마다 다들 우승 반지를 가지지 못한 것이 한이라고 이야기를 했었다.

당시의 이야기들이 밑거름이 됐던 영웅이기에 우승에 대한 갈망 같은 것이 있었다.

그것만이 아니더라도 우승 반지는 꼭 손에 넣고 싶었다.

"알겠네."

두 사람의 면담은 그렇게 종료됐다.

7장
챔피언 시리즈 1차전

메이저리그는 두 개의 리그로 구성되어 있다.

아메리칸리그와 내셔널리그다.

두 리그에서 챔피언을 정하는 것이 바로 챔피언 시리즈다.

이 시리즈에서 우승하는 팀은 리그를 대표하는 팀으로 월드시리즈에 올라가게 된다.

5전 3선승제인 디비전 시리즈와 달리 챔피언 시리즈부터는 7전 4선승제로 경기가 진행된다.

1, 2차전은 프로그레시브 필드에서 열리고 3, 4차전은 펜웨이 파크에서 열렸다.

그리고 남은 경기는 다시 홈으로 돌아와 치른다.

가장 좋은 건 4연승으로 시리즈를 끝내는 것이다.

그렇게 된다면 월드시리즈까지 충분한 휴식을 취할 수 있을 것이다.

하지만 쉬운 일은 아니다.

하늘이 도와준다면 모를까 말이다.

특히 클리블랜드는 1차전에 3선발이었던 존 배터를 세우기로 결정했다.

시즌 13승 9패, 평균자책점 3.71이라는 성적을 올렸던 존 배터.

하지만 디비전 시리즈 3차전에서 부진했다.

3이닝 5실점.

7개의 안타를 맞았는데 그중에 2개가 홈런이었다.

외야로 날아가는 공도 많아 일각에선 힘이 빠진 게 아니냐는 이야기도 나왔다.

그러나 밀러 감독으로선 선택의 여지가 없었다.

그를 제외하고는 4선발이었던 맥코이 밀러 정도밖에 없었기 때문이다.

챔피언 시리즈 1차전 선발로 결정된 존 배터는 전날에도 연습에 열을 올리고 있었다.

베테랑 중 한 명이지만 긴장되긴 매한가지였다.

야구 인생 중 이렇게 중요한 경기에 나서는 건 처음 있는 일이었다.

포스트시즌 경험은 있었지만 1차전 선발은 처음이다.

베테랑일지라도 첫 경험은 떨리게 마련이었다.

마치 첫 선발에 나갈 때의 설렘을 안고 경기를 준비했다.

"존."

익숙한 목소리에 고개를 돌렸다.

영웅이었다.

보스턴백을 내려놓는 그의 모습에 존이 놀란 목소리로 물었다.

"벌써 연습하려고?"

"미리미리 어깨를 풀어둬야죠. 단기전은 어떻게 될지 모르잖아요."

맞는 이야기다.

단기전에서 로테이션이란 건 무의미했다.

디비전 시리즈만 놓고 봐도 그렇다.

블루제이스는 로테이션을 거르고 에이스를 5차전에 내밀었다.

덕분에 영웅이 두 경기 연속 공을 던져야 했다.

경기는 이겼지만 그로 인한 대미지는 챔피언 시리즈까지 이어졌다.

"정말 널 보고 있으면 놀랍다니까."

"뭐가요?"

"내가 너 정도일 때는 하루하루를 버티는 것만으로도 힘들었다. 간혹 미래를 생각해도 나만을 생각했었지 팀을 생각하지는 못했어."

팡-!

영웅이 가볍게 공을 던졌다.

뭐라 대답할 성질의 이야기가 아니었기 때문이다.

"그런데 너는 언제나 팀을 우선시하는구나."

"그렇게 배웠어요. 야구는 팀플레이다. 팀의 분위기를 해치는 녀석은 야구를 할 자격이 없다. 개인보다 팀을 우선시 생각해야 된다."

꿈의 그라운드.

그곳에서 배웠던 말들을 읊었다.

어릴 때 들은 이야기들은 인생의 이정표가 되는 경우가 많았다.

영웅은 특히 더 그랬다.

그에게는 아버지란 존재가 없었다.

그렇기 때문에 어른 남자들과 대화를 나눌 일은 거의 없었다.

그런 와중에 나타났던 이들이 바로 잭과 꿈의 그라운드의 레전드 플레이어들이었다.

그들이 해주는 이야기 하나하나는 영웅에게 크게 다가왔다.

비어 있던 아버지의 자리를 채워주며 인생의 이정표가 된 것이다.

"좋은 스승들이었네."

"예. 최고의 스승님들이었죠."

다시 만나고 싶은 스승들이었다.

그것을 위해 영웅은 노력을 하고 있었다.

"혹시 그 스승님들이 떨릴 때 어떻게 하라고 조언 같은 거 안 해주던?"

분위기가 진지해지자 존이 농담을 했다.

하지만 영웅의 입에서는 농담이 아닌 진지한 대답이 들려왔다.

"그런 쪽으로도 조언을 해주셨죠."

"그…… 래?"

"네. 경기를 하다 보면 다양한 일을 경험할 거라 생각했어요. 큰 경기를 앞두고 떨릴 때도 있을 거고 마운드 위에서 마음대로 공을 던지지 못할 때도 있을 거라고 하셨죠."

딱 지금의 상황이었다.

존은 눈빛으로 영웅을 재촉했다.

그 모습이 퍽 웃겼는지 미소를 머금은 채 대답했다.

"그럴 때는 아이가 되라고 했어요."

"아이?"

"네, 혼자서는 아무것도 못하는 아기가 된 것처럼 뒤의 수비들을 믿고 공을 던지라고 했죠."

뻔한 이야기였다.

실망을 하려는 찰나.

영웅이 말을 이었다.

"투수들은 고독하다고 하잖아요. 한데 그건 스스로가 그렇게 만드는 경향이 있다고 했어요."

"스스로가?"

"네. 언론이나 선배들의 경험이 전해지면서 그런 인식이 각인이 되었다고 할까요?"

생각해 보니 맞는 말이었다.

존 역시 투수는 고독하다 생각하고 있었다.

그것에 대해 깊게 고민해 본 적은 없다.

그저 다른 이들이 그렇게 이야기를 하니 그렇구나라고 생각을 했다.

상식에 의문을 제기하는 건 매우 어려운 일이다.

영웅이 한 이야기는 바로 그런 것이었다.

"제게 야구를 가르쳐 주신 분들은 투수가 때로는 아기가 되어서 동료들에게 기댈 필요가 있다고 했어요. 특히 압박감에 제대로 된 공을 던지지 못할 때는 더더욱 말이죠."

"기댈 필요가 있다라……."

생각해 보지 못했던 일이다.

투수들 특히 선발 투수는 스스로 해결하려는 모양새가 강했다.

웬만한 연륜이 쌓이지 않는 이상 수비들에 기댄다는 발상을 하지 못했다.

존 역시 아직 거기까지 생각할 정도로 연륜이 쌓이지 못한 상황. 하지만 영웅의 이야기를 들으니 실마리가 보였다.

"너에게 야구를 가르쳐 준 사람들, 기회가 된다면 한번 만나고 싶군."

"너무 멀리 떨어져 있어요."

영웅이 웃으며 대답했다.

"하긴 한국은 너무 멀긴 하지."

존의 말에 영웅은 별다른 대답을 하지 않았다.

두 사람이 말하는 장소가 너무 큰 차이를 보였기 때문이다.

[챔피언 시리즈 1차전. 예상치 못한 전개가 이어지고 있습니다.]

딱-!

[4구를 때렸습니다! 하지만 타구 높게 뜹니다!]

타구의 방향은 평범했다.

힘도 없는지 좌익수가 앞으로 달려 나와 자리를 잡았다.

퍽-!

"아웃!"

[안정적으로 포구합니다. 투 아웃!]

[존 배터 선수, 매우 안정적인 피칭을 이어가고 있습니다. 특히 변화구가 인상적입니다.]

[7회 투 아웃까지 6개의 안타를 맞았지만 실점은 단 1점입니다. 본래 존 선수는 맞혀 잡는 투수가 아니었지 않습니까?]

[그렇습니다. 페넌트레이스에서도 헛스윙을 유도하는 투수였지 이렇게 맞혀 잡는 피칭은 하지 않았습니다.]

존은 페넌트레이스와 전혀 다른 투수가 되어 있었다.

한순간의 변화는 사람들이 놀라게 만들었다.

하지만 사실 존은 언제든지 맞혀 잡는 피칭을 할 수 있는 투수였다.

베테랑인 만큼 다양한 변화구를 던질 수 있었고 타자와의 수 싸움도 능했다.

특히 싱킹 패스트볼은 대단한 위력을 발휘했다.

이전에도 싱커를 던지긴 했지만 그렇게 위력을 발휘하지 못했다.

당시에는 유인구로 사용을 했다.

그러나 변화가 밋밋했기 때문에 배트를 이끌어내는 용도로 쓰긴 어려웠다.

그 사실을 알기에 존은 싱커를 거의 던지지 않았다.

그랬던 싱커가 통하게 된 이유는 무엇일까?

'운이 좋았어.'

1회, 존은 어렵게 경기를 시작했다.

첫 타자가 공을 커트해내며 그를 어렵게 했다.

결국 던질 공이 없어지자 싱커를 택하게 된 것이다.

한데 그 싱커가 제대로 들어가지 않았다.

존에서 떨어져야 될 공이었는데 오히려 들어가 버린 것이다.

결과는 내야 땅볼이었다.

타자의 히팅 포인트를 벗어나는 공에 빗맞은 타구가 나온 것이다.

거기서 힌트를 얻어 싱커를 유인구가 아닌 맞혀 잡는 코스로 던지기 시작했다.

"흡!"

이번에도 승부구로 싱커를 던졌다.

존에 도착한 순간, 타자의 히팅 포인트를 피해 도망쳤다.

딱—!

[원 바운드 된 공을 안전하게 잡은 3루수가 1루에 공을 던

집니다! 아웃입니다. 세 번째 아웃 카운트 역시 그라운드볼로 만들어내는 존 투수입니다!]

8이닝 1실점으로 이닝을 마감한 존이 마운드를 내려왔다.

동료들과 글러브터치를 하며 더그아웃으로 돌아온 그를 팀원들이 맞이해 주었다.

"나이스!"

"수고했어!"

"나이스 피칭이야!"

자기 일처럼 기뻐해 주는 동료들의 모습에 존이 미소를 지었다.

그때 영웅이 눈에 들어왔다.

"수고했어요!"

"고맙다."

가볍게 하이파이브를 한 존이 말을 이었다.

"너에게 야구를 가르쳐 주었다던 그 사람들한테도 고맙다고 전해줘."

"네?"

영웅이 알 수 없다는 듯 되물었다.

존은 대답 대신 알 수 없는 미소를 지었다.

그가 오늘 이런 피칭을 할 수 있었던 데에는 어제 영웅이 했던 말이 있었기 때문이다.

수비들을 믿으라는 건 정말 당연한 소리다.

하지만 막상 마운드에 올라오면 그걸 실천하는 건 매우 어렵다.

특히 프로라면 자신에 대한 프라이드가 강하다.

그러나 어제 영웅이 이야기를 했기에 그 말을 따를 수 있었다.

메이저리그를 대표하는 투수가 된 영웅이 한 말이기에 믿을 수 있게 된 것이다.

덕분에 수비들을 믿고 맞혀 잡는 피칭을 해갈 수 있었다.

그 결과가 완벽한 피칭으로 이어진 것이다.

'나는 아직 더 해나갈 수 있어.'

새로운 모습으로 변한 존의 얼굴이 자신감으로 가득 찼다.

[ALCS 1차전에서 강영웅 선수의 소속팀인 클리블랜드 인디언스가 보스턴 레드삭스를 4 대 1로 누르고 승리를 올렸습니다.

당초 에이스의 등판이 확정된 보스턴 레드삭스의 승리가 점쳐졌는데요.

인디언스의 선발이었던 존 배터 선수가 8이닝 동안 단 1실점만 하며 호투를 이어가 승리를 올릴 수 있었습니다.

한편, 인디언스는 2차전에서 강영웅 선수를 등판시키기로 결정했습니다. 5차전 이후 3일간의 휴식을 치른 강영웅 선수가 어떤 피칭을 보여줄지 관심이 모여지고 있습니다.]

1차전의 승리는 팀에 많은 걸 가져다주었다.

8이닝 동안 선발 투수가 던졌기에 불펜에 휴식을 줄 수 있었다.

과부하가 걸렸던 불펜에게는 꿀맛 같은 휴식이었다.

1차전의 승리 덕분에 영웅 역시 어깨가 한결 가벼웠다.

다음 날 오후.

영웅은 평소처럼 시간에 맞춰 구장으로 향했다.

집을 나서려는 그를 어머니와 누나가 배웅을 해주었다.

"우리는 시간 맞춰서 갈게."

"네, 조심히 오시도록 하세요. 누나, 엄마 잘 부탁하고."

"걱정하지 마! 경기 전에는 괜히 집중력 흐트러지니까 따로 찾아가지는 않을게."

"그렇게 신경 쓰지 않아도 돼."

"알았어. 우리가 알아서 할게. 어서 가 봐."

"응."

두 사람은 차를 타고 떠나는 영웅을 보며 가슴을 쓸어내렸다.

"어휴…… 당사자도 아닌 우리도 이렇게 떨리는데 영웅이는 어떨까?"

"글쎄다. 정말 상상도 되지 않는구나."

두 사람은 페넌트레이스 때도 경기장을 찾았다.

영웅이 등판하는 날이면 몰래 가기도 했고 표를 얻어서 가기도 했다.

처음에는 부는 것만으로도 심장이 터질 것만 같았다.

경기장에 있는 모든 사람이 영웅을 응원하는 것만 같았기 때문이다.

38,000명을 수용할 수 있는 프로그레시브 필드는 홈경기, 특히 영웅이 등판하는 날이면 매진이 되기 일쑤였다.

일반적인 삶을 살아온 두 사람에게 있어 3만 명이란 숫자는 쉽게 생각할 수 없다.

그 사람이 모두 자신을 응원한다면 긴장이 되어 미쳐 버릴 거다.

그런데 챔피언 시리즈라니?

1년간의 노력이 한순간에 물거품이 될 수도 있다는 압박감을 가지는 경기라니?

정말 상상도 되지 않았다.

어머니 한혜선은 떨리는 가슴을 진정시키며 수정의 손을 잡았다.

"영웅이가 잘 던질 수 있게 기도라도 드리자."

"응."

두 사람은 한마음으로 영웅의 차가 사라진 방향을 한참 동안 바라봤다.

구장에 도착한 영웅을 수많은 팬이 맞이했다.

경기까지는 몇 시간이 남은 상황.

그런데도 경기장을 찾았다는 건 그만큼 인디언스를 응원한다는 뜻이었다.

열광적인 팬들이니만큼 이미 구단 직원들이 나와 그들을 통제하고 있었다.

영웅은 펜스에 다가가 그들이 내미는 공과 종이를 받아 사인을 해주기 시작했다.

"감사합니다!"

"잘 보관할게요!"

"고맙습니다!"

사인을 받은 팬들의 인사에 영웅이 미소를 지었다.

단순히 팬서비스가 아니었다. 팬들의 응원에 원동력을 얻을 수 있었다. 그렇기에 영웅은 팬들에게 먼저 다가가는 선수 중 한 명이었다.

언론이나 팬들은 그런 점을 매우 높게 평가했다. 특히 한국에도 알려지면서 국내에서도 높은 평가를 받고 있었다.

사인을 끝낸 영웅은 구장으로 들어갔다. 마주치는 직원들마다 인사를 하면서 도착한 곳은 라커룸이었다.

개인 용품을 놓고 트레이닝복으로 갈아입었다.

등판 당일이지만 영웅은 평소와 같이 몸을 풀기 시작했다.

영웅은 언제나 루틴에 충실했다. 지금 하는 트레이닝 역시 하나하나가 루틴이 정해져 있었다.

강도, 횟수, 시간.

모든 것이 일정했고 순서 역시 마찬가지였다.

점점 몸에 열이 나기 시작하면서 근육들이 풀리는 게 느껴졌다.

운동을 모두 끝냈을 때, 선수들이 하나둘 오고 있었다. 영웅은 그런 동료들과 인사를 하고는 식당으로 향했다.

"강!"

식당에 들어서자 한 사내가 말을 걸어왔다. 그는 인디언스의 식사를 책임지는 쉐프였다.

이름은 렉키.

꽤 유명한 쉐프라고 이야기를 들었었다.

"오래만이에요."

"그래. 이리 좀 와봐."

영웅이 다가오자 의자를 빼내 자리를 권했다.

이런 적은 처음이기에 영웅이 의아한 표정을 짓고 있는 사이.

렉키는 주방에 다녀오더니 사발을 가지고 나왔다.

사발이란 표현이 어울리지 않는 고급스러운 그릇이었지만 형태는 사발이었다.

거기에는 김이 모락모락 나는 닭 한 마리가 들어 있었다. 닭 위에는 인삼과 대추 각종 한약재도 있었다.

삼계탕이었다.

"이건······?"

"이야~ 친구한테 물어봐서 겨우 만들었어. 한국에선 체력이 떨어졌을 때 이걸 먹는다면서?"

렉키의 설명에 영웅이 미소를 지었다.

인디언스 식당에서는 영웅을 위해 기본적으로 한식을 제공하고 있었다. 간혹 특식도 나오고 맛도 좋았다.

하지만 삼계탕이 나오는 건 처음이었다. 자신을 위해 특별히 만들어주었다는 생각에 고마움을 느꼈다.

"잘 먹을게요."

"맛있게 먹고 오늘 파이팅해!"

"예."

싸우고 있는 선수들만이 아니었다.

구단 직원들 역시 자신들의 위치에서 최선을 다해 선수들을 서포트하고 있었다.

그들이 있기에 영웅은 경기에만 전념할 수 있었다.

오랜만에 먹는 삼계탕에 몸이 후끈 달아오르는 느낌이었다.

순식간에 한 그릇을 비운 영웅이 창밖을 바라봤다.

하늘 높이 떠 있던 해가 어느덧 기울고 있었다.

10월이 되어 해가 짧아진 것이다.

'곧 시작이네.'

챔피언 시리즈 2차전이 다가오고 있었다.

1차전과 마찬가지로 2차전 역시 관중석에 빈자리를 찾기 어려웠다.

"우와~ 오늘도 사람 진짜 많네."

경기 전.

한혜선과 수정이 구장에 도착했다.

프로그레시브 필드에는 자주 왔던 두 사람이다.

하지만 오늘처럼 사람이 많은 건 처음이었다.

"다 못 들어가겠는데?"

"친구한테 들었는데 밖에서 보기도 한다 하더라고."

포스트시즌의 티켓은 구하기가 어렵다.

가격도 비싸다.

그렇기 때문에 모든 사람이 경기장에 들어갈 수 없다.

그런 사람들은 경기장 밖에 마련된 거대 스크린, 혹은 근처의 식당이나 펍에서 경기를 지켜본다.

두 사람은 이미 영웅에게서 스위트룸 티켓을 받았기에 걱정이 없었다.

"엄마, 이제 슬슬 들어가자."

"그래."

수정이 한혜선의 팔짱을 끼며 안내했다.

한혜선도 영어 공부를 했지만 아직까지 부족한 부분이 많았다. 그래서 평소에는 수정과 항상 함께 다녔다.

한국에서도 두 모녀는 친구처럼 때로는 자매처럼 같이 다녔기에 미국이라고 달라질 건 없었다.

'어?'

막 입구에 도착할 무렵이었다. 줄을 서고 있는 한 여자가 수정의 눈에 들어왔다.

'설마……'

그녀는 동생에 대한 관심이 많았다. 어릴 때부터 자신을 엄마처럼 따르던 동생이었기에 다른 남매들보다는 조금 더 애틋한 관계였다.

그렇기에 영웅이 사귀는 여자가 있다는 소리에 상대가 누구인지 궁금해했다.

워낙 유명인이었기에 궁금증을 해소할 방법은 많았다.

인터넷에 이름만 치면 동영상이나 인터뷰 등등.

많은 영상이 나왔다.

그렇게 봤던 얼굴이 지금 눈에 들어왔다.

하지만 확신할 순 없었다.

혼자 있었기 때문이다.

미국에서야 높은 인기는 아니었지만 한국이나 아시아 국가들에서는 톱스타의 반열에 오른 그녀다.

그런데 혼자서 이곳에 왔다는 건 선뜻 납득이 되지 않았다. 그래서 확신할 수 없었다.

하지만 유심히 살피니 확신할 수 있었다.

"저……."

수정의 부름에 그녀가 화들짝 놀랐다.

선글라스를 쓰고 모자까지 눌러썼지만 가까이에서 보니 확실히 알 수 있었다.

"걸스의 예린 양이죠?"

수정의 말에 그녀가 굳어버리고 말았다.

그런 반응을 이해한다는 듯 수정이 주변을 두리번거렸다.

영웅의 활약으로 인디언스는 한국에서 높은 인기를 누리고 있었다.

또한 클리블랜드는 한국인이 많이 찾는 관광지가 됐다.

챔피언 시리즈이니만큼 경기장을 찾은 한국인도 많이 보였다.

주변에는 이곳에 관심을 가지는 사람들도 있었다.

스마트폰을 꺼내는 사람도 보였다.

수정은 급히 예린의 손을 잡았다.

"저 영웅이 누나예요. 함께 가요."

자신의 정체를 밝힌 그녀가 예린의 손을 이끌었다.

구장 직원이 표 검사를 하려고 했지만 수정의 얼굴을 알기에 바로 들여보내주었다.

수정은 스위트룸으로 들어갈 때까지 걸음을 멈추지 않았다.

행동력이 대단한 그녀였다.

세 여인은 스위트룸에 도착했다.

급하게 이동했기에 거친 호흡을 골라야 했다.

잠깐의 휴식이 끝나자 예린은 지금 상황을 정리해야 했다.

'누…… 누나라고? 영웅 오빠의 누나? 그, 그럼 저분은……'

자신을 바라보는 한혜선이 눈에 들어왔다.

미모를 유지하고 있지만 세월의 흔적은 피해갈 수 없었다. 그렇기에 나이를 쉽게 짐작할 수 있었다.

'서…… 설마…….'

그 설마가 곧 확증이 됐다.

"엄마, 괜찮아?"

수정의 말에 한혜선이 작게 고개를 끄덕였다.

"미안해요. 예린 씨라 했었죠?"

"네…… 네!"

예린이 긴장한 얼굴로 대답했다.

한혜선은 그런 예린에게 다가가 미소를 지었다.

부드러운 감정이 느껴졌다.

"이렇게 만나게 되네요. 영웅이 엄마 한혜선이라고 해요."

"아…… 안녕하세요! 영웅 오빠와 만나고 있는 예린, 김예린이에요!"

흔히 아이돌들은 가명을 쓴다.

하지만 예린은 성만 빼고 본명을 썼다.

그렇기에 예린이라고 소개를 하려다 어른이 있기에 급히 정정을 했다.

"반가워요! 전 강수정이에요. 영웅이 누나예요."

"안녕하세요! 아까는…… 감사했습니다!"

수정이 자신을 위해서 급하게 자리를 벗어났다는 걸 알았다.

"아니에요. 제가 괜히 이야기를 꺼내서 곤란을 겪게 됐는데요 뭐. 아, 매니저분한테 어서 연락해 보세요. 갑자기 없어져서 놀라셨을 텐데."

"아…….."

뭔가 머뭇거리는 모습에 수정이 의아한 듯 되물었다.

"설마…… 혼자 왔어요?"

"네……. 지금 휴가를 받아서 쉬고 있거든요."

사실이었다.

앨범 활동을 열심히 한 걸스는 휴식기에 들어갔다.

다른 멤버들은 유닛이나 개인으로 활동하고 있었지만 예

린은 아니었다.

제안은 있었지만 그녀가 거절했다.

그렇게 찾아온 휴가에 예린은 혼자 미국으로 떠난 것이다.

계약 위반은 아니었지만 들키면 소속사에서 한소리를 들을 수 있는 일이었다.

예린은 걱정했다.

그녀 역시 엄연히 프로다.

이런 행동을 보이는 게 애인의 가족들에게 어떻게 비칠지 걱정이었다.

그때 한혜선이 이야기했다.

"부모님에게는 이야기하고 오신 거예요?"

"네? 네…… 엄마, 아니, 어머니한테는 말씀드리고 왔어요."

"그렇군요. 오늘 경기가 끝나면 같이 식사를 하고 싶은데. 괜찮으세요?"

"네……!"

한혜선이 생긋 웃었다.

그 미소를 보자 왠지 불안했던 마음이 풀리는 기분이었다.

사실 한혜선은 예린을 나쁘게 보거나 하지 않았다.

분명 철이 없는 행동일 수도 있다.

하지만 그게 어떻단 말인가?

그녀는 아직 철이 없는 나이였다.

20대 초반.

불같이 사랑하고 사랑에 미칠 나이다.

그것을 알기에 한혜선은 그녀를 나쁘게 보지 않았다. 오히려 자신의 아들을 사랑해 주는 마음이 예쁘게 보였다.

"밥은 먹었어요?"

"네……."

"여기 과일 좀 들어요."

한혜선이 예린을 살뜰하게 챙기는 모습에 수정도 미소를 지었다.

'마음에 드셨나 보네.'

[플레이볼!]

스위트룸에 설치되어 있는 TV를 통해 경기가 시작됨이 알려졌다.

"후우……."

사인을 교환한 영웅이 상체를 세웠다.

길게 숨을 뱉은 뒤 다리를 차올리며 상체를 비틀었다.

관중들의 시선이 집중됐다.

3만 8천 명.

보통 사람이라면 압박감을 느껴 몸이 덜덜 떨릴 상황이었다.

하지만 영웅은 신경 쓰지 않았다.

정확히 이야기하면 그의 집중력이 주변의 시선을 차단한 것이다.

오로지 손끝의 감각과 페르나의 미트만이 눈에 들어왔다.

'인코스 로우.'

미트의 위치를 확인한 영웅이 하체를 움직였다. 동시에 상체의 회전을 시작했다.

탁-!

스트라이드를 한 발이 땅에 닿았다. 무게중심을 앞으로 넘기면서 영웅의 상체가 회전을 계속 이어갔다.

시선이 정면에 도달하는 순간, 허리의 회전을 멈췄다. 반동의 힘을 손끝에 전달해 모든 파워를 집중시켰다.

"차앗!"

쐐애애애액-!

손끝을 떠난 공이 맹렬한 속도로 회전하기 시작했다.

빠르게 다가오는 공에 타자의 배트도 돌아갔다.

배트와 공이 하나의 점이 되어 강타되려는 순간.

공의 궤적이 흔들렸다.

타자의 몸 쪽으로 파고든 것이다.

타자가 급하게 팔꿈치를 몸 쪽으로 붙이면서 디딤발을 열었다. 하지만 공의 속도를 따라가긴 무리였다.

후웅-!

뻑-!

배트는 허공을 가르고 공은 미트에 꽂혔다.

"스트라이크!"

구심의 손이 올라갔다.

[초구 100마일의 빠른 공으로 시작합니다!]

100마일.

1시간에 161㎞를 가는 공이 영웅의 손에서 나왔다.

지켜보던 팬들이 일제히 환호를 질렀다.

그러나 영웅은 침착하게 다음 공을 준비했다.

집중력은 한 번 끊어지면 다시 이어가기 힘들어진다. 그걸 알기에 영웅은 집중력이 끊어지지 않게 마인드 컨트롤을 해나갔다.

'슬라이더.'

페르나의 손가락이 두 개가 펼쳐졌다.

고개를 끄덕였다.

'아웃코스.'

코스까지 정해지자 피처 플레이트를 밟았다.

이번에는 이전과 다른 위치였다.

1루 쪽에 가까운 위치를 밟고 선 것이다.

플레이트의 위치에 따라서 투수가 던지는 구종의 위력이 달라진다.

예를 들어 1루 쪽에 가까운 위치에서 플레이트를 밟으면 오른손 타자의 바깥쪽으로 던지기 더 용이하다.

3루 쪽에 가까워지면 오른손 타자의 몸 쪽으로 더 파고들 수 있다.

왼손 타자에게는 반대의 효과가 있었다.

플레이트의 위치를 보고 눈치를 채는 타자도 있긴 한다.

하지만 대부분의 타자는 알 수 없다. 투수가 어떤 공을 넌질시 생각하는 이가 많기 때문이다.

또한 집중력이 높아지면서 시야가 좁아지는 경우가 많았다.

마지막으로 영웅은 평소에는 피처 플레이트의 가운데를

밟고 공을 던진다.

피처 플레이트의 넓이는 61㎝다.

중간이면 30.5㎝의 위치에서 공을 던진다.

그 위치에서 좌우로 움직여도 크게 드러나지 않기 때문에 눈치채기 어렵다.

또한 꼭 1루 쪽에서 던진다고 바깥쪽으로 던지는 것도 아니었다.

그렇기 때문에 타자들은 영웅의 위치를 크게 신경 쓰지 않았다.

와인드업을 한 영웅이 상체를 회전시키며 공을 뿌렸다.

쐐애애액-!

빠르게 날아오는 공에 타자의 배트가 돌았다.

그 순간 공이 밖으로 빠져나갔다.

타자는 한손을 놓으며 배트를 끝까지 돌렸지만 맞히기엔 역부족이었다.

펑-!

"스트라이크! 투!"

[2구 역시 헛스윙입니다! 고속 슬라이더에 배트 헛돕니다!]

유리한 고지를 잡았다.

페르나는 곧장 승부구를 요구했다.

타자가 배트를 휘두를 수밖에 없는 위치.

존을 통과하는 공이었다.

구종은.

'패스트볼.'

영웅이 가장 자신 있어 하는 공이었다.

와인드업을 한 영웅이 있는 힘껏 공을 뿌렸다.

쐐애애애액-!

타자의 배트가 매섭게 돌았다.

존을 통과하는 공이면 어떻게든 때릴 수 있다. 메이저리그라는 꿈의 무대에서 활약하는 선수들의 동일한 생각이었다.

그걸 알기에 영웅은 한 가지 변수를 공에 넣었다.

'때렸다!'

스윙에 가속도가 붙으면서 궤적이 눈에 들어왔다.

그때까지도 공의 변화는 없었다. 제아무리 변화가 늦은 공이더라도 지금쯤이면 변화가 나타나야 했다.

나타나지 않는다는 건 패스트볼이란 말이었다. 변화가 없다면 궤적은 일치할 수밖에 없다.

정타가 나올 거라는 소리였다.

탁-!

하지만 경쾌한 소리는 나오지 않았다.

뿌직-!

둔탁한 소리와 함께 나무가 갈라졌다.

팔로우 스윙을 끝까지 하면 어떻게든 공을 밀어냈지만 제대로 힘이 실리지 않았다.

둑-!

공이 앞에 떨어져 원 바운드가 되었다.

안정적으로 공을 잡은 영웅이 가볍게 1루로 공을 던졌다.

퍽-!

"아웃!"

베이스에 절반도 가지 못한 채 아웃 카운트가 올라갔다.

타자는 부러진 자신의 배트를 내려다봤다.

'마지막 순간에 공이 변했다.'

눈으로는 확인할 수 없었다. 하지만 배트의 부러진 위치가 손잡이에서 가까웠다.

예상대로라면 스위트 스폿에 정확히 맞았어야 되는 공이었다.

그런데 이렇게 부러졌다는 건 공이 변했다는 소리다.

'커터였나?'

아니다.

영웅의 커터가 제아무리 강하다 하더라도 이렇게까지 늦게 변하진 않는다.

'테일링 무브먼트로군…….'

포심 패스트볼의 그립을 쥔 상황에서 마지막 순간 힘을 더 가하면서 생기는 무브먼트 현상.

그중에서도 좌우의 변화가 심한 공을 테일링 무브먼트라고 이야기한다.

영웅은 무빙 패스트볼을 매우 잘 던지는 투수였다.

그리고 마지막 공의 의문은 그 테일링 무브먼트에서 찾을 수 있었다.

'오늘도 최고의 컨디션이군.'

이를 악문 타자가 더그아웃으로 돌아갔다.

[쾌조의 스타트로 경기를 시작하는 강영웅 선수입니다!]

첫 번째 아웃 카운트부터 강력한 임팩트를 남기며 시작하는 영웅이었다.

1회, 영웅은 14개의 공을 던졌다.

삼자범퇴로 깔끔한 스타트를 끊었다.

일각에서 염려했던 체력 저하에 대한 영향은 보이지 않았다.

최고 구속은 100마일.

하지만 단 한 번밖에 나오지 않았다.

최저 구속은 95마일이 찍혔다.

일부러 속도를 줄여 상대의 타이밍을 뺏은 공이었다.

노련한 완급 조절이었다.

영웅을 상대하는 많은 타자가 어려워하는 것이 바로 완급 조절이었다.

마치 노련한 베테랑을 상대하는 것 같았다.

때로는 20대의 젊은 투수처럼 정면 승부를 걸어올 때도 있었다.

이런 능력이 생기는 건 대부분 30대에 접어들어서다.

경험이 쌓이면서 자연스레 바뀐다.

20대 때에도 물론 할 수는 있다.

하지만 강속구를 던지는 투수들은 자신들의 힘에 대한 확인을 원하는 경우가 많았다.

일종의 과시욕이었다.

그러나 영웅은 그런 부분이 거의 없었다.

어릴 때부터 워낙 대단한 선수들에게 야구를 배워서 그런지 몰라도 그들이 기준점이 되어버렸다.

그렇기 때문에 영웅은 결코 과시하지 않으며 언세나 자신의 스타일을 바꿀 수 있게 되었다.

그리고 그것이 하나의 스타일이 되고 있었다.

뻐엉-!

"스트라이크!"

"와-!"

관중석에서 한 아이가 감탄을 터뜨렸다.

소년의 이름은 데일.

올해 11살이 된 데일은 어릴 때부터 부모님과 야구장을 찾았다. 아버지가 야구광이었기 때문이다.

하지만 야구가 그렇게 재밌다는 생각을 하지 못했다.

사는 지역이 클리블랜드이다 보니 인디언스를 응원했지만 딱히 좋아하는 선수가 없었다.

그런데 어느 날.

강영웅이 갑자기 나타났다.

불같은 강속구를 뿌리며 타자들을 제압하는 그의 모습에 강렬한 인상을 받았다.

이후에도 그의 파격적인 기록 수집에 매료되고 말았다.

결정적인 계기도 있었다.

경기장을 일찍 찾았을 때 영웅에게서 사인을 받은 것이다.

거기다가 그는 같이 사진도 찍어주었다.

사소한 일로 보이지만 데일에게는 매우 기쁜 순간이었다.

딱─!

이번에는 타구가 높게 떴다.

멀리 가지 못하고 떨어진 타구를 중견수가 잡아냈다. 아웃 카운트는 올라갔지만 데일은 아쉬워했다.

"아─! 스트라이크 하나만 잡았으면 삼진이 10개인데. 아 깝다."

"데일. 그건 아까운 게 아니야."

옆에서 이야기를 듣던 데일의 아버지 톰이 말했다.

"왜요? 삼진을 잡는 게 더 좋잖아요."

"물론 삼진이 멋지지. 하지만 방금 전 공은 맞혀 잡는 피 칭을 한 것이란다."

"맞혀 잡는 피칭이요?"

"그래. 삼진을 잡기 위해선 존에 공을 집어넣어야 되지. 하지만 앞서 던졌던 공을 모두 존에 넣었기 때문에 타자의 입장에선 눈에 익었을 가능성이 높단다."

"그럼 힘으로 눌러 버리면 되잖아요! 그럴 능력이 있으니 까요!"

"물론 그렇지. 하지만 지금이 단기전이란 걸 잊으면 안 된 다. 단기전에선 특급 투수가 언제든지 등판할 수 있단다. 그 렇기 때문에 강은 힘을 비축하며 피칭을 하고 있는 거야."

"아⋯⋯."

데일이 고개를 끄덕였다.

확실히 정규 시즌과 다른 모습이었다. 왜 그렇게 변했는지 이제야 이해를 할 수 있었다.

"그러니까 아까운 게 아니란다. 팀을 위해 노력하는 그에게 오히려 박수를 보내야 될 일이지."

팀을 위해 노력하는 선수.

그 말이 가슴에 남았다.

톰과 데일만이 아니었다.

많은 부모가 자식들에게 영웅의 피칭에 대해 설명을 해주고 상황을 이야기해 주었다.

한 귀로 흘리는 아이들도 있었고 데일처럼 감격을 받는 아이들도 있었다.

영웅은 어느새 미국의 아이들에게 영향을 끼치는 선수가 되어 있었다.

7회 초.

영웅은 또다시 무실점으로 이닝을 마감했다.

투구 수는 97개.

밀러 감독은 스코어를 확인했다.

'3 대 0이라.'

앞서고는 있었지만 불안함이 있는 점수였다.

그는 벤치에 앉아 쉬는 영웅을 힐끔 바라봤다.

땀을 닦는 그는 언제나처럼 믿음직한 피칭을 보여주었다.

그렇기에 밀러 감독의 마음속에 욕심이 피어올랐다.

"피터슨."

투수 코치가 고개를 들어 그를 바라봤다.

"강에게 다음 이닝도 가능한지 의사를 물어보고 와."

"예? 하지만 투구 수도 그렇고 점수도 앞서고 있으니 쉽게 하는 것이……."

"다 알고 있어. 일단 의사를 물어보라는 거야."

"……알겠습니다."

감독의 명령이다. 투수 코치인 자신이 어길 순 없었다.

피터슨이 영웅에게 다가가 이야기를 나누기 시작했다.

영웅의 시선이 잠시 자신에게 향했지만 크게 신경을 쓰지 않았다.

잠시 후.

피터슨이 다가와 보고를 올렸다.

"가능하다고는 합니다."

"그렇군."

그 대답을 끝으로 밀러 감독은 별다른 이야기를 꺼내지 않았다.

답답했던 피터슨이 먼저 말했다.

"교체를 해야 됩니다. 디비전 시리즈 때부터 무리를 하고 있어요. 게다가 페넌트레이스에서는 240이닝을 던졌습니다. 디비전 시리즈까지 합치면 260이닝이 넘었어요! 게다가 오늘 경기까지……."

"나도 알고 있어. 하지만 승리를 확정짓기엔 부족한 점수다."

"3점입니다! 다른 투수들이 충분히 막아줄 수 있습니다!"

"만약 역전을 당하면? 그리고 경기를 내주게 된다면? 강이 7이닝을 던지고도 경기를 패하게 되는 게 오히려 더 큰 손해야. 더 이상 자네의 의견은 듣지 않겠네."

밀러의 말에 피터슨이 입술을 깨물었다. 지금까지 알고 있던 밀러와는 다른 모습과 행동이었다.

불만이 쌓였지만 더 이상 이야기를 꺼낼 수 없었다. 주변의 시선이 있었기 때문이다.

이미 가까이에 있는 선수들은 이상한 시선으로 이쪽을 보고 있었다.

더 이상 언성을 높였다가는 더그아웃의 분위기가 나빠질 가능성이 높았다.

결국 피터슨은 자신의 자리로 돌아갔다.

'건방진 놈.'

밀러는 그런 피터슨을 보며 인상을 구겼다.

감독은 자신이다. 자신의 결정을 반대하는 피터슨이 눈엣가시처럼 느껴졌다.

'코치가 감독의 입장을 어떻게 안다고.'

자신은 우승에 대한 압박을 받고 있었다.

그런 사실도 모른 채 자신을 가르치려는 피터슨의 행동에 기분이 상한 밀러였다.

[8회에도 강영웅 선수가 다시 마운드에 오릅니다. 이건 좀 의외인데요?]

[그렇습니다. 투구 수도 그렇고 리드도 하고 있는 상황이니만큼 교체를 할 거라 예상했는데요.]

많은 사람이 그렇게 생각했다.

밀러 감독의 선수 기용은 최근 비평을 받고 있었다.

페넌트레이스에서는 정석에 가까운 기용을 해오던 밀러다. 하지만 포스트시즌에 접어들자 너무 영웅에게 기대는 모습을 보이고 있었다.

[최근 한국에서는 강영웅 선수를 혹사시키는 게 아니냐? 라는 이야기가 나오고 있는데요. 어떻게 보십니까?]

[음, 사실 디비전 시리즈는 그럴 수도 있다고 봤습니다. 경기 자체가 타이트하게 진행이 된 데다가 벼랑 끝에 몰렸으니 가능하다고 생각을 한 거죠. 하지만 지금은 아닙니다.]

해설 위원은 간접적으로 기용에 의문을 재기했다.

인터넷 역시 비슷한 반응이었다. 밀러 감독에 대한 원색적인 비난도 등장했다. 디비전 시리즈부터 생겼던 불만이 터진 것이다.

[선수 본인이 등판을 거부할 수 있지 않을까요?]

[강영웅 선수 같이 팀에 지대한 영향을 끼치는 선수라면 가능할 수도 있습니다. 하지만 강영웅 선수는 매우 신중한 선수입니다. 나이에 맞지 않게 생각도 깊고요. 자신이 그런

행동을 하게 되면 팀의 분위기가 무너질 거라 판단했을 수도 있습니다.]

[즉, 팀을 생각해서 불만을 이야기하지 않는다, 이렇게 보시는 건가요?]

[가정의 하나입니다.]

에이스와 감독은 선수단과 코치진의 우두머리라 할 수 있었다.

두 사람의 불화는 팀 전체에 영향을 끼친다.

페넌트레이스라면 극복이 가능하다.

하지만 단기전인 포스트시즌에서는 최악의 결과로 치달을 수 있었다.

그런 이유도 있었지만 가장 큰 이유는 몸이 아프지 않았다.

디비전 시리즈와는 달리 오늘은 컨디션이 최고조였다.

그 이유는 바로 그의 시선이 닿는 곳에 있었다.

'설마 예린이가 와 있을 줄이야.'

스위트룸은 포수의 뒤편에 위치해 있다.

엄마와 누나가 그곳에 있을 예정이었기에 잠깐 쉬는 시간에 확인을 했다.

한데 그곳에서 의외의 인물을 발견했다.

바로 예린이었다.

그녀가 언제 왔는지 그리고 왜 엄마, 누나와 함께 있는지 알 수 없었다.

하지만 한 가지는 확실했다.

'날 보러 온 거야.'

그 사실이 기뻤다.

그리고 고마웠다.

설마 자신을 보러 이 먼 거리를 왔을 줄은 몰랐기 때문이다.

'좋은 모습을 보여주고 싶다.'

사랑하는 여자에게 멋진 모습을 보여주고 싶은 건 남자라면 당연한 일이었다.

특히 영웅은 아직 혈기왕성한 20대 초반이다.

더더욱 그런 감정이 컸다.

그래서일까?

피로감이 사라지고 공을 던져도 체력이 지치질 않았다.

뻐엉-!

"스트라이크! 아웃!"

[삼구삼진! 첫 타자를 세 개의 공으로 깔끔하게 돌려세웁니다!]

8회.

100개의 공을 던졌지만 여전히 90마일 중반의 구속이 나오고 있었다.

그렇기에 밀러는 자신의 선택이 맞았다고 판단했다.

'역시 저 녀석은 다른 선수들과는 달라.'

감독의 입장에서 언제나 자신의 기대를 충족해 주는 선수가 있다는 건 의지가 됐다.

하지만 거기에도 함정이 있었다.

의존도가 너무 높아져 그 선수에게 너무 기대는 경향이 커진다는 것이다.

문제는 그것을 스스로는 알아채기 힘들다는 것이다.

알아차린다 하더라도 너무 늦게 아는 경우가 많았다.

그런 경우 대부분 결말은 좋지 않게 끝났다.

한편.

스위트룸에는 구단의 고위 관계자들이 경기를 관람하고 있었다.

그중에는 구단주인 해롤드도 있었다.

"밀러 감독은 강을 너무 오랜 시간 마운드에 올리는군요."

그의 말에 단장인 레이널드가 식은땀을 흘렸다.

영웅이 마운드를 내려갈 시기라는 건 일반인이 봐도 알 수 있었다.

그렇지만 감독을 욕되게 하는 말을 구단주에게 꺼낼 필요는 없었다.

"챔피언 시리즈이다 보니 확실히 승리를 잡고 싶은가 봅니다."

"으흠."

해롤드는 별다른 대답을 하지 않았다. 그게 더 심장을 쫄깃하게 만들었다.

'마음에 들지 않는군.'

사실 영웅의 평균 투구 수를 생각했을 때 8회까지 올려도 문제가 될 건 없었다.

하지만 그건 로테이션을 지켰을 때 이야기다.

또한 영웅은 이후 경기들에서도 중요한 역할을 맡아야

한다.

쉴 수 있을 때 쉬게 해야 한다는 소리다.

그런데도 등판을 시킨 밀러의 선택이 마음에 들지 않았다.

감독이 중요하다는 건 잘 알고 있다.

하지만 강영웅이란 선수보다 중요한 감독은 없었다.

이대로만 간다면 강영웅은 역사에 남을 것이다.

'그런 선수를 키워내는 것도 구단주의 묘미지.'

해롤드의 시선이 마운드 위의 영웅에게로 향했다.

세 개의 아웃 카운트를 훌륭하게 잡아내는 그의 모습에 미소가 절로 지어졌다.

챔피언 시리즈 2차전.

8이닝 무실점 13탈삼진을 기록한 영웅은 첫 번째 챔피언십 승리 투수가 되었다.

8장
목표는 월드시리즈다

　1, 2차전을 모두 승리한 인디언스는 이제 토론토로 이동을 해야 했다.

　이번에는 당일 이동이 아닌 다음 날 이동이 결정됐다.

　덕분에 영웅도 늦은 저녁을 가족과 보낼 수 있었다.

　그 자리에 예린도 동석했다.

　오는 길에 예린이 이곳에 오게 된 경위를 들었다.

　자신을 보러 왔다는 사실이 기뻤다. 경기 직후의 피로가 모두 사라질 정도로 말이다.

　"어머니, 이것도 좀 드셔보세요."

　예린은 살뜰히 한혜선을 챙겼다.

　좋은 모습을 남겨야 한다.

　그런 생각으로 하는 행동에 한혜선의 입가에 미소가 그려졌다.

'나도 저럴 때가 있었지.'

예린에게서 자신의 과거가 겹쳐 보였다.

신선한 경험이었다.

자식의 애인과 만나는 건 한혜선에게도 첫 경험이었다.

영웅은 야구에 빠져 살았고 수정은 공부와 일 그리고 다시 공부 삼매경에 빠져 있었다.

남들이 보면 착실한 아이들이지만 한혜선의 입장에선 아이들이 조금 더 인생을 즐겼으면 좋겠다고 생각했다.

그렇기에 예린이 더욱 예뻐 보였다. 영웅에게 삶의 즐거움 중 하나를 줬으니 말이다.

"가수 생활은 힘들지 않니?"

"요즘 바빠져서 조금 힘들긴 하지만…… 재밌어요!"

대답을 한 예린이 아차 싶었다.

예전에 박형수가 했던 말이 떠올랐기 때문이다.

그때 형수의 이야기는 예린에게 일종의 강박관념이 되어 있었다.

아직 경험이 많지 않기 때문이다.

특히 예린은 연예계 사람들하고만 교류를 해왔다.

다른 분야에 대한 경험이 적을 수밖에 없었다.

자신이 모르는 분야에 대한 이야기를 그대로 믿을 수밖에 없었다.

혹시나 영웅의 어머니인 한혜선에게 밉보이진 않을까 걱정했다.

운동선수는 내조가 중요하다.

자기 일을 좋아한다면 내조가 부족할 수 있을 것이란 게 일반적인 추론이었다.

점수를 따야 하는 자리인데 마이너스가 되지 않을까 조마조마했다.

그때 한혜선이 웃으며 말했다.

"어린 나이인데도 자기 일을 그렇게 좋아하니 장하네. 앞으로도 열심히 해요. 예린 씨가 TV에 나오면 꼭 챙겨 볼게요."

"가…… 감사합니다!"

예상치 못한 대답이었다.

하지만 마음이 한결 가벼워졌다.

한혜선은 이후에도 연예계 일이라든지 예린이 경험한 이야기들을 꺼낼 수 있게끔 대화를 유도했다.

자신의 분야가 나오면 사람은 말이 많아지게 마련이다.

아직 어린 예린이라면 더더욱 그랬다.

하지만 스스로 자제를 하고 있었다. 이야기를 이어가면서도 흥분을 자제하는 눈치였다.

영웅의 눈에는 들어오지 않지만 같은 여자인 한혜선이나 수정은 눈치챌 수 있었다.

어른과 함께 있는 자리에서 그러는 예린의 행동이 무척이나 마음에 들었다.

그것만큼은 영웅도 알 수 있었다.

자신이 사랑하는 사람들이 사이좋게 지낸다는 사실은 그에게도 큰 기쁨이었다.

다음 날.

영웅은 팀에 합류했다.

챔피언 시리즈 3차전을 위해 보스턴으로 이동하기 위해서다.

예린과 한혜선 그리고 수정도 오늘 보스턴으로 건너올 계획이었다.

저녁 식사에서 급격하게 친해진 한혜선과 수정 그리고 예린이었다.

뭔가 공감대가 형성된 것 같았다.

구장에 모였던 인디언스 선수단은 전용 버스를 이용해 공항으로 향했다.

캐나다로 따라오는 팬들도 있었지만 대다수는 따라오지 못했다.

그렇기에 가는 길에서 그들을 응원해 주는 행사가 열렸다.

수만 명의 클리블랜드 시민이 나와 떠나는 버스에 손을 흔들었다.

선수단의 어깨가 한결 무거워졌다.

페넌트레이스와는 전혀 다른 중압감이 그들의 어깨를 짓누르고 있었다.

하지만 모든 선수가 그런 건 아니었다.

베테랑들은 자신의 경험을 토대로 선수단을 다독이고 있었다.

한 명, 한 명에게 다가가 긴장을 풀어주었다.

박형수는 영웅의 곁으로 왔다.

"어제는 잘 잤냐?"

"푹 잤습니다. 형은요?"

"나는 완전히 기절했다. 그런데 컨디션 좋아 보이네?"

"흐흐! 사실은요."

어제 있었던 일을 요약해서 이야기했다.

"이야~ 그럼 예린 씨가 혼자서 여기까지 찾아왔던 거야? 아주 지극정성이네. 여자 하나는 잘 만났네."

"그렇죠?"

"자식, 좋아 죽네."

머리를 헝클은 박형수가 주제를 바꾸었다.

"몸은 좀 어떠냐?"

진지한 표정에 영웅도 웃음기를 지웠다.

그가 말한 것의 의미를 알고 있기에 바로 대답을 했다.

"괜찮아요. 몸이 전체적으로 묵직하긴 하지만 이 정도는 예상 범위 내예요."

"그래."

박형수가 고개를 들어 주변을 살폈다.

정확히는 밀러 감독의 위치를 확인한 것이다.

밀러 감독은 버스의 앞쪽에 앉아 있었고 자신들은 뒤편에 있었다.

이곳의 대화가 들리지 않을 거리였다.

"감독이 좀 이상해졌다."

영웅은 별다른 대답을 하지 않았다.

무언의 긍정이었다.

밀러 감독의 기용법은 분명 페넌트레이스와 달라져 있었다.

영웅 한 명만의 기용이 문제가 아니었다.

무리한 전술을 사용할 때도 있었고 마무리인 잭슨을 믿지 못하는 것처럼 보이는 기용을 할 때도 있었다.

포스트시즌이라고 이해하기에는 이미 도를 넘어서고 있었다.

언론과 팬들의 비판이 높아졌다. 선수들의 불만 역시 쌓이고 있었다. 자칫 잘못하면 팀의 분위기가 무너질 수도 있었다.

하지만 아직까지 버티고 있었다.

그 중심에는 영웅이 있었다.

팀의 에이스인 영웅도 불만을 이야기하지 않았다. 그러니 자신들도 참는다. 그런 생각이 은연중 선수단의 머릿속에 들어 있었다.

"확실한 건 지금의 감독은 선수를 생각해 줄 여유가 없다. 그러니 스스로 챙겨야 돼. 기용을 거부할 순 없겠지만 몸 상태 체크하는 걸 게을리 하지 마라."

"예, 알겠습니다."

영웅의 대답에 박형수가 흡족한 미소를 지었다.

챔피언 시리즈는 4선승제다.

2승을 먼저 선점한 인디언스가 압도적으로 유리했다.

보스턴으로서는 3차전을 어떻게든 잡아야 했다.

그렇기에 특단의 수를 써야 했다.

펜 웨이 파크에서는 매일같이 감독과 코치진의 회의가 이어지고 있었다.

"가장 중요한 건 침체된 타선을 살려야 합니다."

"맞습니다."

1차전과 2차전.

레드삭스는 빈공에 시달렸다.

두 경기 합쳐서 득점은 고작 1점밖에 없었다.

팀 안타 역시 3개밖에 나오지 않았다.

반면 인디언스의 타격은 완벽하게 부활했다.

포스트시즌의 사나이 박형수와 페르나 그리고 파렐과 베테랑들까지.

골고루 안타가 터지면서 매 경기 안타가 터졌다.

당연히 레드삭스가 밀릴 수밖에 없었다.

레드삭스 감독인 하파엘 감독 역시 그 사실을 잘 알고 있었다.

특단의 수를 써야 된다는 것에 동의했다.

그리고 그 수는 단 하나밖에 없었다.

"정에게 의사를 묻도록 해."

감독의 말에 코치진의 얼굴에 화색이 돌았다.

원했던 말이 감독의 입에서 나왔기 때문이다.

"알겠습니다."

배터리 코치가 대답을 했다.

거부하지 않을 것이다.

레드삭스의 전설이 된 그 남자라면 말이다.

다음 날.

챔피언 시리즈의 선발명단이 공개되면서 한국 언론이 떠들썩해졌다.

[레드삭스의 사령관 정찬열! 선발 명단에 포함!]

정찬열의 귀환이었다.

정찬열은 한국 야구 역사상 가장 뛰어난 타자였다.

데뷔 시즌부터 화려한 성적을 올렸던 정찬열은 국내의 포스팅 규정까지 바꿔 버릴 정도로 압도적인 모습을 보여 주었다.

많은 사람의 기대를 안고 진출했던 메이저리그.

그 기대를 저버리지 않고 80홈런이라는 신기록까지 세우며 메이저리그 최고 연봉 타자가 되었다.

긴 세월이 흘렀고 정찬열 역시 나이가 들었다.

20대의 혈기왕성한 모습은 사라졌다.

어느덧 30대 후반.

화려했던 커리어가 끝나가고 있었다.

올 시즌 역시 부상으로 많은 경기를 뛰지 못했다.

그럼에도 불구하고 정찬열은 한국 야구의 아이콘이었고 메이저리그의 스타였다.

그가 출전한다는 소식이 알려지자 언론들이 일제히 대서 특필을 했다.

레드삭스는 정찬열을 디비전 시리즈부터 엔트리에 포함시켜 두었다.

언제든지 출전시킬 수 있다는 의지였다.

하지만 디비전 시리즈에서 그가 출전했던 일은 없었다.

레드삭스가 압도적으로 승리했기 때문이다.

그러나 위기에 빠지자 레드삭스는 정찬열에게 손을 내밀었다.

구해 달라고 말이다.

그리고 정찬열은 그 손을 잡았다.

많은 사람이 기대했다.

영웅 역시 정찬열이란 이름은 잘 알고 있었다.

하지만 그가 얼마나 대단한 야구선수인지는 모르고 있었다.

영웅은 야구가 좋아서 시작한 야구 소년이 아니었다.

첫 목적은 돈이었다.

본격적으로 야구를 하게 된 것도 꿈의 그라운드에서 만난 레전드 플레이어들 덕분이었다.

남들처럼 굳이 현실에서 롤모델을 찾을 이유가 없었다.

TV를 보지 않더라도 메이저리그 선수들을 만날 수 있었으니 굳이 메이저리그 중계를 찾아보지 않았다.

정찬열의 이름을 들은 것도 다른 사람의 입을 통해서다.

하지만 박형수는 달랐다.

그는 정찬열이 나온다는 사실에 어린아이처럼 기뻐했다.

박형수는 정찬열의 활약을 보고 성장한 선수다.

"사실 정찬열 선배가 없었으면 나도 메이저리그 진출을 꿈꾸지 못했을 거다."

진심이었다.

정찬열이 메이저리그 진출을 선언할 당시만 하더라도 동양인 포수는 메이저리그에서 통하지 않는다라는 것이 정설이었다.

그 편견을 깬 최초의 인물이 정찬열이었다.

박형수에게는 특별할 수밖에 없는 인물이었다.

"그렇게 대단한 선수였어요?"

"전성기 때는 정말 엄청났지. 너도 몇 번 만나지 않았나?"

"이상하게 인연이 안 닿았어요."

같은 리그에 뛰고는 있지만 지구는 달랐다.

또한 30대 중반이 넘어서부터 정찬열은 풀타임을 뛰지 못하고 있었다.

무릎 부상 때문이었다.

포수라는 포지션은 무릎에 대한 부담이 크다.

특히 정찬열은 데뷔부터 포수라는 포지션으로 시작해 메이저리그에서도 풀타임 포수로 활약했다.

또한 30세까지 매년 대표팀에도 참가하는 하드한 일정을 소화했다.

제아무리 철인이라 해도 부상이 없을 수 없었다.

그런 이유로 최근에는 지명타자로 나서는 일이 더 많았다.

"그럼 부상이 있는 상황에서도 30개 이상씩 홈런을 때린 거네요?"

"그렇지. 작년에도 32개나 때리지 않았나? 풀타임 출전도 아닌데 말이야."

박형수는 마치 아이가 된 듯했다.

좋아하는 선수에 대해 이야기하는 소년처럼 흥분해 있었다.

그만큼 박형수에게는 특별한 존재라는 뜻이었다.

정찬열이란 사람이 말이다.

"어떤 선수일지 궁금하네요."

영웅은 궁금했다.

과연 박형수를 이렇게까지 흥분시킨 사람이 누구일지 말이다.

[보스턴 레드삭스와 클리블랜드 인디언스의 챔피언 시리즈 3차전을 보내드리겠습니다. 오늘 경기는 한국팬들에게는 매우 큰 관심을 불러 모으는 경기 아니겠습니까?]

[그렇습니다. 레드삭스의 사령관! 국대의 사령관! 정찬열 선수가 오랜만에 마스크를 씁니다!]

올 시즌.

전반기에만 마스크를 썼던 정찬열이다.

하지만 그가 마스크를 쓰고 캐처박스에 앉자 그 존재감이 대단했다.

'거대한 산이 앉아 있는 거 같아.'

더그아웃에서 그 모습을 지켜보는 영웅의 눈에 이채가 어렸다.

영웅은 다양한 선수들과 호흡을 맞추지 못했다.

박형수와 페르나 정도가 프로에서 호흡을 맞추었던 포수다.

두 선수는 분명 뛰어난 포수다. 안정감이 있고 포수로서의 능력 역시 뛰어나다.

그러나 정찬열은 뭔가 달랐다.

분명 몸은 박형수나 페르나가 더 큰데도 정찬열이 더 크게 느껴지는 착각이 들었다.

'과연 어떤 모습을 보여줄까?'

기대가 됐다.

연습 투구를 받는 모습에선 특별함을 볼 수 없었다.

2루 송구를 하는 모습은 인상적이었다.

어깨가 강하다는 이야긴 들었기에 섣불리 도루를 노릴 수 없을 것 같았다.

'하지만…….'

영웅의 눈높이는 메이저리그 선수들이 아니었다.

레전드 플레이어들.

메이저리그에서도 찬란하게 빛났던 선수들에게 맞춰져 있

었다.

그러다 보니 웬만큼 잘하는 선수가 아니고서는 좀처럼 놀라지 않았다.

현재까지 봤을 때 정찬열은 분명 톱클래스 수준의 포수였다.

하지만 딱 거기까지였다.

그 이상의 특별함은 느끼지 못했다.

그러나 그 판단이 얼마나 잘못됐는지는 파렐을 상대하는 모습을 보면서 알 수 있었다.

뻐엉-!

"스트라이크!!"

스트라이크 콜이 울렸다.

그리고 영웅은 자신의 눈을 의심했다.

'분명 볼로 공이 들어갔는데?'

공의 궤적은 분명 존을 벗어나고 있었다.

그런데 미트의 위치는 존의 안쪽에 있었다.

구심 역시 같은 판정을 내렸다.

'내가 잘못 봤나?'

영웅은 집중력을 올려 투수가 던지는 공을 주시했다.

와인드업과 함께 던진 공이 직선으로 내려오다 빠르게 떨어졌다.

스플리터였다.

'볼이다.'

파렐도 같은 판단이었다.

배트가 나오다가 멈춘 게 그 증거였다.

공은 홈플레이트 위를 지나 정찬열의 미트로 들어갔다.

그 순간 영웅은 봤다.

정찬열의 상체가 세워지면서 동시에 손목이 꺾였다.

그렇게 하면 구심의 시야를 가리면서 미트는 존으로 들어오게 된다.

마지막으로 정찬열은 어깨를 움츠려 구심의 시야가 미트를 확인할 수 있게 했다.

퍼엉-!

"스트라이크!! 투!"

영웅은 그 자리에서 벌떡 일어났다.

'엄청나다!'

그 말 한마디로밖에 표현할 수 없었다.

포수의 기술에 대해 배운 적은 없다. 하지만 간혹 레전드 플레이어들이 해주는 이야기를 들은 적이 있었다.

"프레이밍을 잘한다는 건 구심의 눈을 속인다는 거지. 잔재주라고 말하는 이들도 있지만 엄연히 포수의 능력 중 하나다."

현대 야구에서 프레이밍은 매우 높은 비중을 차지하고 있었다.

세이버매트릭스에서도 수치화하여 포수의 능력 중 하나로 구별하고 있었다.

하지만 프레이밍은 과거부터 있어 왔다.

포수들은 본능적으로 조금 더 유리하게 미트를 움직이는 행위를 해왔다.

그것이 현대에 접어들어 수치화됐을 뿐이다.

'마치 꿈의 그라운드에 있는 사람들 같았어.'

정찬열의 프레이밍은 온몸에 전율을 돋게 했다.

메이저리그에 진출한 이후에도 저런 프레이밍을 보여준 포수는 없었다.

정말 놀라운 일이었다.

그러나 프레이밍은 시작에 불과했다.

경기가 진행될수록 정찬열의 진가가 드러나기 시작했다.

인사이드 워크는 말할 필요가 없었다.

타자의 타구 방향까지 결정짓게 만드는 그의 두뇌는 대단히 뛰어났다.

수비들도 그의 손에 의해 움직였다.

단순히 두뇌만 뛰어난 게 아니다.

분명 부상이 있음에도 블로킹은 환상적이었다.

폭투가 나와도 공이 뒤로 빠지는 일이 없었다.

주자가 있건 없건 말이다.

투수로서 그것이 얼마나 안정감을 주는 일인지 잘 알았다.

'대단하다.'

그가 왜 메이저리그에서 최고의 포수로 군림을 했었는지 알 수 있었다.

플레이 하나하나에 군더더기가 없었다.

무엇보다 긴 세월 최고의 포수로 활약하면서 투수들이 느끼는 압도적인 안정감은 따라올 포수가 없었다.

그리고 절정은 8회에 나왔다.

[8회 말! 레드삭스 좋은 찬스를 잡았습니다!]

2사에 주자는 2, 3루.

안타 한 방이면 단숨에 2점 차까지 달아날 수 있는 점수였다.

8회라는 걸 감안했을 때 쐐기점수가 될 가능성이 농후했다.

'제길! 역시 저 녀석을 믿는 게 아니었어.'

밀러 감독은 혀를 찼다.

마운드 위에는 웨일이 올라와 있었다.

디비전 시리즈에서 실수를 하긴 했지만 불펜에서 가장 성적이 좋은 투수였다.

하지만 이번에도 기대에 미치지 못하는 피칭을 보여주고 있었다.

2개의 아웃 카운트를 잡으면서 주자가 두 명이나 나간 것이다.

밀러 감독의 시선이 영웅에게 향했다.

과거 한국의 한 감독이 이런 인터뷰를 한 적이 있었다.

"감독은 위기의 순간이 되면 가장 믿을 수 있는 투수를 찾게 됩니다. 그게 잘못됐다는 걸 알면서도 그럴 수밖에 없죠."

밀러 감독에게 있어 가장 믿을 수 있는 투수는 바로 영웅이었다.

압도적인 실력.

어느 순간에도 믿을 수 있는 선수.

그것이 영웅의 현재 위치였다.

하지만 지금은 아니었다. 이미 2승을 선점한 상황이다. 굳이 지금 영웅이란 카드를 만질 필요가 없었다.

밀러 감독은 눈을 돌려 투수 코치를 불렀다.

"잭슨을 올리도록 해."

"알겠습니다."

조금 이른 등판이다. 그러나 지금 이 순간이 아니라면 경기의 흐름은 넘어갈 게 분명했다.

마운드에 오른 잭슨이 상대해야 될 건 정찬열이었다.

'제아무리 정찬열이라 하더라도 이미 한물간 사내다.'

밀러 감독은 한때 정찬열과 함께 뛴 적도 있다.

당시 그는 찬란하게 빛나던 별이었다.

하지만 이제는 아니었다.

세월이 흘러 그 역시 빛을 잃었다.

'더 이상 그는 두려워할 사령관이 아니야!'

밀러는 확실히 정찬열을 얕보고 있었다.

그러나 영웅은 아니었다.

'잭슨! 제대로 던져라.'

정찬열은 위험하다.

그 사실을 영웅은 알고 있었다.

앞서 세 번의 타석에서 보여준 모습 때문이었다.

정찬열의 오늘 성적은 3타석 1안타였다.

두 번의 타석에선 모두 범타로 물러났다.

하지만 방향이 좋지 않았을 뿐 타구의 질은 분명 좋았다.

무엇보다 세 번째 타석에서 보여주었던 타격은 위험했다. 떨어지는 커브를 어퍼 스윙으로 담벼락을 그대로 맞혔다.

힘이 더 실렸다면 담장을 넘었을 거다.

'파워로 눌러 버려!'

뻐엉—!

"스트라이크!!"

초구부터 100마일이 넘는 구속이 찍혔다.

잭슨의 공은 메이저리그에서도 손에 꼽을 정도로 빠른 공이었다.

마음만 먹으면 100마일, 그 이상의 공도 던졌다.

나이가 들어 배트 스피드가 떨어졌다고 평가받는 정찬열이 때릴 순 없는 구속이었다.

그 사실은 잭슨이나 페르나 역시 잘 알고 있는 듯했다.

뻑—!

"스트라이크! 투!"

[이번에도 101마일의 구속이 찍힙니다!]

[과거 정찬열 선수의 배트 스피드는 리그 최고 수준이었습니다. 하지만 세월이 흐르면서 배트 스피드는 떨어졌습니다. 그걸 잘 알기에 인디언스 배터리가 빠른 공으로 공략을 하고 있습니다.]

[왠지 서글프네요. 세월의 힘을 이기지 못하다니 말입니다.]

투 스트라이크로 밀린 상황.

타석에서 물러나 연습 스윙을 끝낸 정찬열이 다시 타석에 섰다.

'분위기가…….'

멀리 떨어져 있지만 영웅은 느낄 수 있었다.

지금까지와는 전혀 다른 정찬열의 분위기를 말이다.

영웅의 머릿속에 레전드 플레이어들의 조언이 하나둘 떠올랐다.

"어떤 선수라도 나이가 들면 신체 능력이 떨어질 수밖에 없다. 너 역시 강속구를 던지다가도 세월이 흐르면 구속이 하락할 수밖에 없지. 그렇다고 야구 인생이 끝나는 건 아니다. 신체 능력은 강한 무기지만 연륜이 쌓인 선수는 또 다른 무기를 얻게 된다."

잭슨이 3구를 던졌다.

손에서 공이 떠나는 순간 정찬열의 스윙도 시작됐다.

매우 빠른 타이밍이었다.

노림수가 있다는 의미였다.

하지만 이 정도로 빠른 타이밍이라면 노림수가 실패하는 순간, 아웃이 될 게 분명했다.

그럼에도 정찬열의 스윙에는 망설임이란 찾아볼 수 없었다.

'또 다른 무기. 그건…….'

따악─!

경쾌한 소리가 그라운드에 울려 퍼졌다.

"경험이라는 무기다."

[큽니다! 우익수 뒤로 물러나지만 곧 걸음을 멈춥니다! 그리고 타구는 담장을 넘어갑니다!]

유유히 그라운드를 도는 정찬열의 모습에 영웅이 주먹을 불끈 쥐었다.

'대단한 선수다.'

승부욕이 그의 온몸을 감쌌다.

저 남자와 싸워보고 싶다.

영웅의 마음속에 그 어느 때보다 강한 욕망이 불타올랐다.

정찬열의 힘은 대단했다.

마스크를 쓴 3차전과 4차전.

두 경기에서 투수들이 급격하게 안정감을 찾았다.

수비들 역시 안정적이게 되었다.

그 효과는 곧 공격으로 이어졌다.

침체됐던 타격이 살아나기 시작한 것이다.

두 경기에서 모두 승리를 올린 레드삭스는 시리즈를 원점으로 돌렸다.

갑작스러운 레드삭스의 변화에 밀러 감독은 당황했다.

고작 나이 든 선수의 한 명이었다.

그런데 이렇게까지 분위기가 역전이 될 줄이야.

꿈에도 상상을 하지 못했다.

'하지만 내일은 영웅이 나간다.'

분명 이길 수 있을 것이다.

밀러에게는 그런 믿음이 있었다.

한 사람의 생각이 아니었다.

선수단 전체와 언론들 역시 인디언스에 더 큰 힘을 실어주었다.

그만큼 영웅에 대한 믿음은 메이저리그 전반에 깔려 있었다.

부담감을 느낄 수 있는 상황.

하지만 영웅은 차근차근 내일 등판을 준비하고 있었다.

'가장 조심해야 될 건 역시 정찬열 선배다. 스윙 스피드가 느려지긴 했지만 노림수가 대단해.'

두 경기를 통해 알아낸 사실이다.

정찬열은 무뎌진 무기를 고집하지 않았다. 새로운 무기를 찾았고 날을 갈았다.

'정찬열 선배가 살아나면 팀 타선 전체에 영향을 끼치게 된다.'

내일 경기의 포인트는 정찬열을 어떻게 막느냐에 따라 갈릴 것이다.

9장
전설을 이겨라

　다음 날.

　펜 웨이 파크가 들썩였다.

　과거 메이저리그에서 가장 화려했던 타자와 현재 메이저리그를 호령하고 있는 투수와의 만남.

　두 선수의 대결에 수많은 한국인이 경기장을 찾았다.

　표를 찾지 못한 사람들은 인근의 펍에서 응원을 보내고 있었다.

　경기장은 일찌감치 사람으로 가득 찼다.

　기자석에서는 그 어느 때보다 많은 한국 기자가 자리를 잡고 있었다.

　그중에는 오영태도 있었다.

　'설마 챔피언 시리즈에서 이런 장면을 보게 될 줄이야.'

　오영태는 야구 키즈였다.

어린 시절 정찬열의 활약을 보고 꿈을 키워왔다.

하지만 프로는 되지 못했다.

공부를 나름 하던 터라 기자가 되었고 경험을 살려 스포츠 기자의 길을 걸었다.

특히 야구는 인맥도 있어 나름 탄탄대로를 걷고 있었다.

그러나 마음속에는 여전히 야구에 대한 갈망이 있었다.

특히 정찬열이 경기에 나올 때면 마치 어린아이가 됐던 것처럼 열광을 했다.

덕분에 보스턴 레드삭스에 대한 기사는 쓰지 못했다.

편파적이 됐기 때문이다.

그만큼 정찬열을 좋아하고 사랑하는 오영태는 갈등을 느끼고 있었다.

'정찬열도 좋고…… 강영웅도 좋고…….'

두 선수 모두 대한민국을 대표하는 야구 선수다.

오영태는 누구를 응원해야 할지 갈피를 잡지 못했다.

그런 감정을 느끼는 건 오영태만이 아니었다.

기자실의 모든 한국 기자, 관중석에 있는 모든 한국인 그리고 중계를 보고 있는 사람들까지.

인디언스와 레드삭스, 강영웅과 정찬열.

누구를 응원할 지 고민을 하고 있었다.

그러는 사이.

경기장 위에 준비가 끝났다.

[레드삭스의 수비로 시작됩니다. 오늘 마스크를 쓰는 건 정찬열 선수의 후계자로 불리고 있죠? 클레이튼 선수가 마

스크를 씁니다.]

오늘 선발 포수는 클레이튼이었다.

후반기 레드삭스의 주전 포수로 활약한 선수다.

정찬열이 직접 자신의 기술을 전수해 주는 걸로 알려져 있었다.

그만큼 스타일은 정찬열과 비슷했다.

일각에선 젊은 시절 정찬열을 연상케 한다는 평가를 받을 정도였다.

[정찬열 선수는 지명타자로 오늘 경기에 나서는데요. 이 점에 대해서 어떻게 보십니까?]

해설 위원이 이런저런 이야기를 했다.

부상, 체력 저하 등.

많은 이야기를 했지만 모두 틀렸다.

'강영웅의 공을 치기 위해서는 체력을 아껴야 된다.'

정찬열은 냉정하게 판단했다.

자신이 영웅의 공을 치기 위해서는 정상적인 방법으론 불가능하다.

노림수 그리고 높은 집중력으로 실투를 놓치지 않아야 했다.

그러기 위해서는 체력을 아껴야 했다. 주전 포수에서 제외해 달라고 직접 요청한 이유였다.

감독은 그의 의견을 따랐다. 다른 선수라면 불가능했겠지만 정찬열이기에 가능했던 제안이었다.

또한 그의 뒤에는 훌륭한 선수가 있었다.

바로 클레이튼이 말이다.

뻐엉-!

"스트라이크! 배터 아웃!"

[조금 낮아 보였지만 구심의 손이 올라갑니다!]

[훌륭한 프레이밍이었습니다. 몇 번을 봐도 정찬열 선수의 프레이밍과 정말 비슷합니다.]

정찬열은 레드삭스에 큰 애정을 가지고 있었다. 10년이 넘는 세월을 한 팀에서 뛰었으니 당연한 일이었다.

그렇기에 자신 이후의 일을 걱정하고 있었다.

그러는 와중에 재능이 있던 클레이튼을 만났고 그에게 자신의 기술을 전수해 주었다.

덕분에 레드삭스는 자연스레 세대교체가 이루어지고 있었다.

딱-!

[타구가 높게 떴습니다! 클레이튼 재빠르게 마스크를 벗고 달립니다!]

굉장한 스피드였다.

순식간에 타구와 거리를 좁혀갔다.

하지만 타구의 낙하속도가 더 빨랐다. 이대로라면 잡지 못했다.

그런 생각이 머리에 스치는 순간.

클레이튼이 몸을 날렸다.

거구의 클레이튼이었지만 몸놀림은 무척이나 가벼웠다.

미트가 떨어지던 타구를 낚아챘다.

쿵—!

뒤이어 육중한 몸이 땅에 떨어졌다.

곧 몸을 일으킨 클레이튼의 미트에는 여전히 공이 들어 있었다.

"아웃!"

[굉장한 다이빙캐치입니다!]

[클레이튼 포수는 몸을 사리지 않는 플레이를 자주 보여줍니다. 그래서 레드삭스 팬들에게 매우 높은 인기를 구가하고 있죠.]

[호수비로 투 아웃을 잡아내는 레드삭스입니다!]

페르나가 타석에 섰다.

타격감이 좋은 페르나지만 이미 넘어간 분위기 속에서 할수 있는 건 없었다.

퍽—!

평범한 플라이로 세 번째 아웃 카운트가 올라갔다.

1회를 깔끔하게 끝낸 레드삭스.

반면 인디언스는 무력하게 공격을 끝내고 말았다.

수비가 중요해졌다.

[1회 말! 강영웅 선수가 마운드에 올라왔습니다.]

가볍게 어깨를 돌려 점검했다.

2차전보다 오히려 더 가벼웠다.

충분한 휴식을 보낸 덕이다.

또한 2차전과는 전혀 다른 마음가짐도 한몫을 했다.

정찬열과 싸우고 싶다.

승부욕이 아드레날린을 분비시켰고 그의 신체와 정신을 베스트 컨디션으로 만들었다.

"플레이볼!"

경기가 시작됐다.

영웅은 잠시 눈을 감아 정신을 집중했다.

다시 눈을 뜬 영웅의 시선에 페르나의 사인이 보였다.

고개를 끄덕인 그가 피처 플레이트를 밟았다.

그러고는 와인드업을 했다.

그 모습을 지켜보는 정찬열의 눈이 빛났다.

'저게 트위스트로군.'

상체를 비트는 폼을 보고 만들어진 별명.

한때 영웅을 트위스터라고 부른 이유가 납득이 됐다.

'저런 상황에서 공을 던지면 제대로 된 릴리스 포인트를 잡을 수 있을까?'

의문은 곧 풀렸다.

비틀었던 상체를 회전시키며 스트라이드가 동시에 이루어졌다.

왼발이 마운드를 밟자 근육이 폭발하면서 전신을 단단하게 고정시켰다.

상체의 회전이 끝남과 동시에 스로잉이 되었던 팔에서 공이 화살처럼 뿜어져 나왔다.

쐐애애애액-!

뻑-!

"스트라이크!!"

공이 바깥쪽 낮은 코스를 정확히 찔렀다.

완벽한 제구력이었다.

'시선이 가는 곳에 정확히 공을 꽂아 넣었군.'

상체의 회전이 있더라도 제구력에는 문제가 없다는 소리였다.

구속은 98마일이 찍혔다.

'잭슨의 공보다는 느리다. 하지만 체감 속도는 그보다 빠를 가능성이 높겠어.'

무엇보다 구위가 잭슨보다 더 좋았다.

구속이나 구위도 인상적이었지만 무엇보다 더 눈에 들어왔던 건 따로 있었다.

'기본적으로 원심력을 활용하고 있군.'

투수가 공을 던질 때 활용하는 힘은 원심력이다.

하체에서부터 시작된 회전이 허리, 상체 그리고 팔로 이어진다.

영웅은 거기에 상체를 비틀어 원심력을 더했다.

'상체를 비틀었을 때 오른손을 하체와 일직선이 되게 만들어 공의 위치를 숨긴다. 회전도 빠르기 때문에 공이 나오는 지점을 잡기가 힘들어.'

메이저리그에서 압도적인 삼진율을 기록하는 이유를 일부 알 수 있었다.

남은 건 직접 상대하는 거다.

뻐억-!

"스트라이크! 아웃!"

[삼구삼진입니다! 첫 타자부터 삼진을 잡아내며 깔끔한 스타트를 끊습니다!]

매우 좋은 시작이었다.

두 번째 타자가 타석에 섰다.

페르나의 손이 바쁘게 움직였다.

'스플리터, 바깥쪽.'

고개를 끄덕였다.

바깥쪽을 요구한 이유는 첫 번째 타자에게 던졌던 공을 생각해서다.

대기 타석에 있는 선수들은 앞선 타석에 있던 타자의 볼 배합을 생각하고 있다.

분명 2번 타자도 선두 타자에게 던졌던 첫 번째 공.

바깥쪽 포심 패스트볼을 염두에 둘 것이다.

실제로 그 위치에 공이 오면 배트가 돌아갈 가능성이 높았다.

와인드업을 한 영웅이 공을 던졌다.

쐐애애액-!

타자의 입장에선 포심 패스트볼처럼 들어오는 공이었다.

'들어온다!'

손에서 공이 떠나는 순간 타자의 배트가 돌았다.

이상함을 감지하면 그대로 멈추겠지만 그럴 기미가 보이지 않았다.

'맞아라!'

그 순간 공이 뚝 떨어졌다.

타자의 눈에는 공이 갑자기 사라졌다.

후웅-!

배트는 허공을 갈랐고 공은 미트로 빨려 들어갔다.

퍽-!

"스트라이크!!"

[스플리터로 초구 스트라이크를 잡는 강영웅 선수입니다!]

멋진 공이었다.

정찬열은 페르나의 리드에 눈길이 갔다.

분명 페르나는 2년 전까지만 하더라도 타격이 좋은 포수였다.

말인즉슨 투수 리드가 타격만큼 좋지 못하다는 의미였다.

한데 짧은 기간 동안 그 평가는 바뀌었다.

페르나는 매우 좋은 평가를 받는 포수로 성장했다.

'확실히 리드가 좋아졌어.'

페르나가 요구했던 1구 스플리터는 타자의 머리를 복잡하게 만드는 공이었다.

그 공으로 인해 이후 타자를 요리하는 것이 편리해졌다.

'투수전이 될 가능성이 높겠군.'

변수가 없는 이상 그럴 가능성이 높았다.

정찬열은 배트를 쥐고 슬슬 타격 준비를 했다.

그의 타순은 5번.

자신까지 돌아오지 않을 가능성이 높았다.

하지만 제로는 아니었다.

미리 준비를 한다고 해서 나쁠 건 전혀 없었다.

뻐억-!

"스트라이크! 아웃!"

[또다시 삼진입니다! 단 7개의 공으로 투 아웃을 잡아내는 강영웅 선수!]

[오늘 공은 뭐랄까, 무척이나 공격적으로 느껴집니다.]

[원래 강영웅 선수의 피칭은 공격적이지 않았습니까?]

[그렇긴 합니다만 기세가 달라요.]

야구를 한 사람이라면 느낄 수 있는 기세였다.

해설 위원의 말에 이해를 하지 못한 캐스터는 영웅의 칭찬을 쏟아냈다.

그사이 세 번째 타자를 투 스트라이크로 몰아넣은 영웅이 3구를 던졌다.

그가 결정구로 택한 공은 커터였다.

쐐애애액-!

배트와 임팩트가 되려는 순간.

꺾여 들어간 공이 배트의 손잡이 부근에 맞았다.

뿌지직-!

물푸레나무로 만든 배트에 금이 가면서 부러졌다.

단풍나무처럼 산산조각이 나지는 않았지만 공에 힘을 실기엔 무리였다.

퍽-!

굴러오는 공을 안정적으로 잡은 3루수가 그대로 송구했다.

퍽-!

"아웃!"

세 번째 아웃 카운트가 올랐다.

단 10개의 공으로 1회를 끝낸 영웅이 위풍당당한 모습으로 마운드를 내려왔다.

득점 없이 끝난 1회.

2회 역시 레드삭스는 삼자범퇴로 이닝을 마감했다.

안정적인 리드와 투수의 제구력이 동반된 결과였다.

2회 말.

영웅이 다시 마운드에 섰다.

첫 번째 타자를 상대로 라이징성 패스트볼과 스플리터로 투 스트라이크를 잡아냈다.

'이번에는…….'

페르나의 사인을 본 영웅이 와인드업을 했다.

비틀었던 상체를 회전시키며 던진 공이 무서운 속도로 날아왔다.

구속만으로는 포심처럼 느껴졌다.

타자는 생각할 시간도 없이 배트를 돌렸다.

그 순간 공이 횡으로 변화했다.

놀란 타자가 스윙의 궤적을 바꾸었지만 빠른 구속을 따라갈 수 없었다.

뻑ㅡ!

"스트라이크! 아웃!"

[오늘 경기 세 번째 삼진을 잡아냅니다!]

경기장을 찾은 한국인들이 하나둘 자리에서 일어나기 시

작했다.

그들의 시선이 타석으로 들어서는 남자에게로 향했다.

[그리고 타석에는 5번 타자! 정찬열 선수가 들어섭니다!]

[역사적인 순간입니다. 한때 대한민국을 대표했던 거포와 현재 대한민국을 대표하는 에이스가 메이저리그에서 마주합니다!]

정찬열이 타석에 섰다.

영웅은 그 어느 때보다 진중한 표정으로 마운드를 밟았다.

두 선수의 대결은 처음이었다.

인연이 없을 거라 생각했던 대결이 현실화가 된 것이다.

그것도 챔피언 시리즈라는 최고의 대결에서 말이다.

영웅은 느낄 수 있었다.

'꿈의 그라운드에서 공을 던지는 것 같다.'

이런 기분은 오랜만이었다.

그곳을 떠난 이후 이런 압박감을 느끼는 건 처음이었다.

그 어떤 선수를 만나도 느끼지 못했던 압박감이다.

'대단한 선수다.'

대결을 하지 않았어도 인정할 수밖에 없었다.

'몸 쪽 패스트볼.'

페르나가 사인을 냈다.

몸 쪽을 때리기 위해서는 기술과 힘이 동시에 필요했다.

정찬열에겐 둘 다 있었다.

고개를 젓자 페르나가 다시 사인을 냈다. 이번에는 바깥쪽 코스 패스트볼이었다.

당연했다. 초구 패스트볼은 영웅이 가장 선호하는 조합이었다. 앞선 타자들을 상대할 때도 같은 선택을 했다.

한데 이번에는 달랐다.

하지만 사인이 길어져서 좋을 건 없었다. 길어지면 투수는 불안해진다. 포수가 자신의 생각과 다르다는 생각을 하기 때문이다.

페르나는 세 번째 사인을 냈다.

종 슬라이더였다.

영웅이 고개를 끄덕였다.

종으로 떨어지는 슬라이더는 변화도 컸고 구속 역시 빨랐다.

배트 스피드가 느려진 정찬열이 제대로 공략할 수 없을 구종 중 하나였다.

와인드업을 한 영웅이 초구를 뿌렸다.

"흡-!"

전력을 다한 스로잉과 함께 정확한 릴리스 포인트에서 공의 실밥을 긁었다.

쐐애애액-!

맹렬하게 회전하는 공이 바람을 뚫고 나아갔다. 하지만 찬열은 배트를 돌리지 않았다.

'왜?'

공은 아직까지 존을 향해 날아가고 있었다. 그런데도 찬열은 스윙을 시작하지 않았다.

그 순간 변화가 일어났다. 폭포수와 같은 움직임으로 존 밑으로 떨어진 공이 미트에 꽂혔다.

퍽-!

"볼!"

페르나의 얼굴이 일그러졌다.

'아예 반응을 하지 않다니.'

지금까지 대다수의 타자가 종 슬라이더에 배트를 돌렸다.

돌리지 않더라도 움찔하는 반응을 보인다.

각이 크고 변화 역시 늦게 일어나 타자에게는 포심 패스트볼로 보이기 때문이다.

한데 찬열은 아예 움직이지 않았다.

마치 떨어질 것이란 걸 알고 있었다는 듯 말이다.

'깊게 생각하지 말자. 아예 반응을 못 했을 수도 있어.'

한 가지에 연연하는 건 좋지 않다.

오히려 의미를 두지 않고 던지는 것이 더 좋았다.

페르나는 빠르게 사인을 냈다.

이번에도 변화구였다. 정찬열의 반응을 보고 싶었기 때문이다.

영웅도 마찬가지 생각이었다.

[강영웅 선수 2구 던집니다.]

뻑-!

"볼!"

[존 밖으로 휘어나가는 슬라이더였지만 배트 나오지 않습니다. 투 볼!]

[상대가 정찬열이니만큼 인디언스 배터리가 매우 조심스럽게 접근을 하고 있습니다.]

[하지만 너무 조심스러워서 볼카운트가 몰렸는데요. 이 부분은 어떻게 보십니까?]

[좋지 않습니다. 압박감을 받고 있다는 뜻이니까요.]

사인을 교환한 영웅이 와인드업을 했다.

이번에는 포심 패스트볼이다.

그것도 외곽으로 정확히 꽂히는 코스.

공이 손에서 떠나는 순간 정찬열의 스윙이 시작됐다.

하체부터 시작된 회전이 허리, 상체, 팔로 이어졌다.

하나가 된 회전이 마치 토네이도 같았다.

따악─!

경쾌한 소리가 그라운드를 울렸다.

동시에 타구가 빨랫줄처럼 날아갔다.

내야수들이 움직일 수조차 없는 빠른 타구였다.

퍽─!

하지만 너무 빠른 것이 악재였다.

베이스를 돌기도 전에 타구가 외야 펜스에 부딪힌 것이다.

공을 잡은 우익수가 2루로 공을 던졌다.

정찬열은 1루에 멈춰야 했다.

[안타입니다! 오늘 경기 첫 피안타를 허용하는 강영웅 선수!]

[정말 멋진 스윙이 나왔습니다. 타구의 스피드가 너무 빨랐던 게 아쉽네요.]

영웅이 크게 한숨을 쉬었다.

'제대로 들어간 공이었는데…….'

방금 전 공은 실투가 아니었다.

힘이 실리지 않은 것도 아니다.

그럼에도 불구하고 정타를 맞았다.

실제 전광판에는 99마일이란 숫자가 찍혀 있었다.

'배트 스피드가 빨라졌어.'

마스크를 쓰지 않아서일까?

아니면 벤치에서 보는 것과 달라서일까?

마운드에서도 매우 강한 힘과 스피드가 느껴졌다.

'한데 어떻게 안 거지?'

스윙의 스타트는 자신의 손에서 공이 떠난 직후에 시작
됐다.

'아니야. 깊게 생각할 필요는 없다.'

영웅은 방금 전 상황을 떨쳐 냈다.

고민은 지금이 아니더라도 할 수 있다.

또한 정찬열은 베테랑이다.

충분히 예측하고 때려낼 수 있었다.

'깊게 생각하면 스스로 슬럼프에 빠질 수 있다.'

슬럼프의 종류는 여러 가지다.

긴 시간 영향을 끼치는 슬럼프가 있는가 하면 짧은 순간
흔들리게 되는 슬럼프도 있었다.

한 타자에게 맞은 걸 오래 고민하면 후자의 슬럼프가 걸릴
가능성이 높았다.

꿈의 그라운드에서 일희일비를 하지 말라고 배웠다.

"후우……."

크게 한숨을 내쉬며 흔들리던 정신을 다잡았다.

그 모습을 보는 정찬열의 눈에 이채가 어렸다.

'정신력이 강하군.'

이미 메이저리그에서 톱클래스에 오른 강영웅이다. 정신력이 강한 건 어찌 보면 당연했다.

하지만 눈앞에서 직접 보는 건 처음이었다. 직접 확인한 강영웅의 정신력은 자신의 예상을 훨씬 뛰어넘었다.

'두 번의 삶을 살았지만 저런 녀석은 처음이야.'

정찬열은 회귀를 했었다. 한 번 실패했던 야구인의 삶을 살았다. 그렇게 실패를 해봤기에 지금의 위치에 있을 수 있다고 생각했다.

'저 녀석도 회귀를 했나?'

문득 그런 생각이 들었다. 이내 웃음과 함께 생각을 날려 버렸다. 가능할 수도 있지만 왠지 그러지 않을 거란 생각이 들었다.

뻐억—!

"스트라이크! 아웃!"

그사이 영웅은 안정감을 찾았다.

순식간에 아웃 카운트를 늘려가는 영웅을 보며 정찬열은 고개를 저었다.

'아무래도 쉽지 않은 경기가 되겠어.'

퍼엉—!

"스트라이크! 배터 아웃!"

세 개의 아웃 카운트를 잡아낸 영웅이 마운드를 내려갔다.

딱-!

[3구 때렸습니다! 하지만 우익수에게 잡힙니다!]

[파인플레이입니다. 휘어 나가는 타구였는데 매우 잘 잡았어요.]

[3회 역시 점수를 내지 못하는 인디언스입니다!]

레드삭스의 배터리는 안정적이었다.

특히 클레이튼의 리드는 매우 좋았다. 투수가 원하는 코스를 요구하면서도 타자의 배트를 잘 유인했다.

3회 말.

영웅이 다시 마운드에 올랐다.

더 이상 망설이는 모습은 없었다.

평소와 같이 포커페이스를 유지한 채 마운드에 섰다.

"후우……."

호흡을 고른 영웅이 와인드업을 했다.

몸 쪽에 붙는 포심 패스트볼.

비틀렸던 상체를 회전시킨 영웅의 시선이 정확히 페르나의 미트를 주시했다.

동시에 스로잉이 이루어진 팔에서 공이 뿜어져 나갔다.

쐐애애액-!

타자가 미처 반응하기도 전에 공이 미트에 꽂혔다.

뻐엉-!

"스트라이크!"

타자의 얼굴이 일그러졌다.

마지막 순간 공이 투심 패스트볼처럼 휘어져 존으로 들어갔다.

'제길…… 몸에 붙어서 볼이라고 생각했는데.'

영웅의 공은 변화무쌍했다.

이런 공을 완벽하게 때려낸 정찬열이 괴물처럼 느껴졌다.

딱-!

[2구는 파울입니다! 완벽하게 힘으로 누르는 강영웅 선수!]

[구속은 리그 톱이 아니지만 구위만큼은 그 어느 투수보다 뛰어난 선수가 강영웅입니다.]

정찬열은 벤치에 앉아 영웅의 투구를 유심히 지켜보고 있었다.

한참 동안 바라보던 정찬열은 영웅이 와인드업을 하자 조심스레 예측을 했다.

'몸 쪽.'

현재 타석에는 좌타자가 있었다.

만약 몸 쪽으로 온다면 크로스파이어가 들어올 가능성이 높았다.

쐐애애액-!

뻑!

"스트라이크! 아웃!"

타자는 꼼짝도 하지 못했다.

배트를 내밀 생각도 하지 못한 채 삼진으로 물러났다.

관중들이 열광의 응원을 보냈다.

하지만 정찬열은 신중하게 영웅의 투구를 살폈다.

이번에는 우타자였다.

영웅이 상체를 세우자 정찬열이 다시 한번 예측을 했다.

'이번에는 바깥쪽.'

뻑-!

"볼!"

이번에도 맞았다.

'가운데…… 하이겠군.'

부웅-!

퍽-!

"스트라이크!"

공이 가운데로 들어오다 마지막 순간에 덜 떨어졌다.

영웅이 자랑하는 라이징성 패스트볼이었다.

놀라운 일이다.

정찬열은 영웅이 던지는 코스를 예측하고 있었다.

구종까지는 아니었지만 코스를 안다는 건 타자에게 매우 유리한 부분이었다.

어떻게 아는 것일까?

버릇? 사인 노출?

어쨌건 영웅에게는 최악의 시나리오였다.

하지만 아무것도 모르는 상황에서 영웅은 3회 말 역시 무실점으로 이닝을 마감했다.

5회 말.

영웅은 다시 한번 마운드에 섰다.

아직까지 무실점.

정찬열을 제외하고는 안타조차 허용하지 않은 완벽한 피칭이었다.

[이번 이닝에는 정찬열 선수가 다시 한번 타석에 섭니다.]

5회.

정찬열이 선두 타자로 나섰다.

다행스러운 점은 영웅이 정신을 다잡은 뒤에 상대한다는 점이었다.

만약 정찬열 같은 타자가 연속해서 나온다면 힘들 수도 있었을 거다.

하지만 정신 집중을 끝낸 영웅은 안정을 되찾았다.

'이번에는 맞지 않는다.'

'바깥쪽, 슬라이더.'

첫 타석에서 좋은 타구가 나왔기에 페르나는 조심스럽게 접근했다.

그러나 영웅이 고개를 저었다.

손가락 하나를 펼치는 그의 모습에 페르나가 고개를 끄덕였다.

다시 사인을 내고 미트를 내밀었다.

피처 플레이트를 밟은 영웅이 상체를 세웠다.

'바깥쪽이군.'

그 순간 정찬열은 코스를 예상했다.

와인드업을 한 영웅의 동작에 박자를 맞추며 타격 준비를 했다.

"흡-!"

회전을 시작한 영웅이 있는 힘껏 공을 던졌다.

타이밍을 맞춰 정찬열의 회전도 시작됐다.

마치 두 개의 토네이도가 서로를 잡아먹겠다는 듯 달려드는 모습이었다.

따악-!

경쾌한 소리가 울려 퍼졌다.

하지만 타구는 1루 관중석으로 날아갔다.

[초구를 때렸지만 파울입니다.]

[비록 파울이 됐지만 타이밍은 나쁘지 않았습니다. 아마 배터리의 간담을 서늘하게 만들었을 거예요.]

사실이었다. 방금 전 공이 파울이 된 것은 빗맞았기 때문이다.

만약 정타가 됐다면 안타가 될 게 분명했다.

'역시 이상해. 마치 내가 던질 공을 알고 있다는 듯 여유롭게 스윙을 하고 있어.'

영웅의 머릿속에 다시 의문이 들었다.

이번에도 정찬열은 자신의 공에 배트를 돌렸다. 그 모습에는 망설임이란 전혀 없었다.

그게 이상했다.

어떻게 자신의 공에 망설임 없이 배트를 돌릴 수 있는지 말이다.

'그만큼 배짱이 있다는 건가?'

영웅은 생각을 떨쳐 내며 다시 마운드에 섰다.

페르나의 사인이 조심스럽게 나왔다.

'바깥쪽, 스플리터.'

방금 전 공 역시 바깥쪽이었다.

이번에도 비슷한 코스로 던지면서 떨어뜨리면 배트가 나올 확률이 높았다.

영웅도 그 부분을 생각하고 고개를 끄덕였다.

[2구 던집니다!]

그의 손에서 떠난 공이 바람을 가르며 날아갔다.

하지만 정찬열의 배트는 움직이지 않았다.

이상함을 느끼는 순간 공이 뚝 떨어지며 미트에 들어갔다.

퍽ㅡ!

"볼!"

[2구는 볼입니다!]

[아주 잘 봤습니다. 정찬열 선수의 선구안은 매우 좋은 편이죠.]

선구안으로는 설명할 수 없는 상황이었다.

정찬열은 미동도 하지 않았다.

그걸 어떻게 설명할 수 있는지 이해되지 않았다.

영웅은 연달아 공을 던졌다.

3구는 몸 쪽에 붙였다.

마지막 순간 종으로 떨어지는 슬라이더였다.

이번에도 배트는 나오지 않았다.

투 볼 원 스트라이크.

[볼카운트 불리해집니다!]

확실해졌다.

정찬열은 자신이 던질 공을 알고 있었다.

'어떻게'라는 질문에는 답할 수 없었다.

느낌이었다.

'변화구는 통하지 않는다.'

페르나도 같은 생각이었다.

더 이상 볼카운트가 불리해지면 피칭에 심각한 영향이 생긴다.

노 아웃에 주자를 볼넷으로 내보내는 건 최악의 선택이었다.

'첫 타석에서도 정타를 시켰지만 공은 담장을 넘지 못했어.'

첫 번째 타구 역시 머리에서 떠나지 않았다.

선택은 하나였다.

'정면 승부다.'

페르나의 사인에 영웅도 고개를 끄덕였다.

'몸 쪽.'

와인드업을 한 영웅이 전신의 힘을 끌어모았다.

와일드한 폼과 함께 내던져진 그의 팔에서 레이저와 같은 궤적을 그리며 공이 날아갔다.

쐐애애애액-!

그 순간 정찬열의 스윙도 시작했다.

작은 토네이도를 연상케 하는 폼은 달라진 게 없었다.

딱 하나.

그의 왼발이 오픈 스탠스가 되면서 몸 쪽 코스를 때릴 수 있는 각도를 만들어냈다.

따악-!

경쾌한 소리가 그라운드를 울렸다.

그리고 빨랫줄 같은 타구가 그대로 담장 밖으로 사라졌다.

[너…… 넘어갔습니다! 그린몬스터를 넘겨 버립니다!]

펜 웨이 파크의 명물 그린몬스터.

그것을 넘겨 버린 타구는 경기장을 떠나 버렸다.

[강영웅 선수! 포스트시즌 첫 번째 피홈런을 기록합니다!]

0의 행진이 이어지던 스코어보드에 1이라는 숫자가 기록됐다.

뻐억-!

"스트라이크! 아웃!"

굉장한 소리와 함께 공이 미트에 꽂혔다.

구심의 외침이 있은 뒤에야 페르나가 자리에서 일어났다.

[삼진입니다! 비록 첫 타자 정찬열 선수에게 홈런을 허용했지만 다음 타자들을 안정적으로 잡아내는 강영웅 선수입니다!]

영웅은 강했다.

점수를 내준 뒤에도 자신의 공을 던졌다.

남들이 보기에는 평정을 유지하는 모습이었다.

하지만 영웅의 머릿속에는 수많은 의문이 생겨났다.

'어떻게 내 공을 알았을까?'

첫 타석 그리고 두 번째 타석.

정찬열의 스윙은 분명 노리고 있었다.

자신이 던질 코스를 알았다.

증거는 없었지만 심증이 그랬다.

그래도 혹시 모를 일이었다.

영웅은 장비를 벗고 있는 페르나에게 다가가 물었다.

"혹시 내 폼에 무슨 버릇이라든가 그런 게 있어?"

단번에 질문의 요지를 파악했다.

그 역시 비슷한 생각을 했기 때문이다.

"아니, 없다. 나도 이상해서 네가 공을 던지는 모습을 자세히 살폈지만 최소한 난 찾을 수 없었어."

"흠……."

"한 가지 걸리는 게 있긴 하다. 네가 공을 던질 때 피처 플레이트를 이용하잖아."

"응, 혹시……."

"그 미세한 차이를 정찬열은 알고 있을 수도 있지. 녀석은 베테랑이니까."

베테랑이란 건 무척이나 신기하다.

나이가 든다는 건 신체의 능력이 하락한다는 걸 의미한다.

그럼에도 성적이 크게 떨어지지 않은 선수들이 있다.

바로 경험이 쌓여서다.

정찬열도 그런 선수들 중 하나다.

언론에서는 정찬열을 두고 성적이 떨어지고 있다 이야기
한다.

하지만 서른일곱의 포수가 30개 이상의 홈런을 때리고 있다.

충분히 좋은 성적이었다.

다만 전성기 때 너무 좋은 성적을 유지했다.

너무 임팩트가 강했기에 현재의 성적이 호사가들의 눈에
는 낮아 보이는 것이었다.

'확실히 정찬열 선배 정도라면 알 수도 있다.'

꿈의 그라운드에서도 그랬다.

타이 콥은 자신이 던지는 폼에 버릇이 있다고 했었다.

잭이 그것을 다시 손봐주어 버릇을 없앴다.

하지만 버릇은 다시 나왔고 그때마다 같은 과정이 반복됐다.

그 결과가 지금의 폼이다.

피처 플레이트를 이용하는 건 당연한 거다.

많은 투수가 플레이트를 효율적으로 이용했다.

"네가 잘못한 건 없어. 단지 정찬열이 너무 뛰어났을 뿐이야."

같은 생각이다.

문제는 답을 찾는 것이다.

정찬열을 공략할 답을 말이다.

10장
월드시리즈

　회가 거듭될수록 인디언스도 기회를 잡았다.

　하지만 점수로는 이어지지 못했다. 아쉬운 순간들이 연달아 나왔다.

　그러나 영웅은 실망하지 않았다.

　동료들을 믿었다. 자신이 막아가면 어떻게든 점수를 내줄거란 믿음이 있었다.

　영웅의 안정적인 피칭에 타자들도 힘을 냈다.

　하지만 좀처럼 점수가 나지 않았다. 레드삭스의 감독은 적절한 타이밍에 투수를 교체했다.

　굳이 길게 끌어가지 않았다.

　포스트시즌이 무엇인지 잘 알고 있었다. 덕분에 타자들은 애를 먹었다. 양 팀의 득점이 없는 상황에서 7회 말이 다가왔다.

[다시 마운드에 서는 강영웅 선수!]

[투구 수가 87개예요. 아직 여유는 있습니다.]

[하지만 이번 이닝의 첫 번째 타자가 정찬열 선수입니다.]

[직전 타선에서 홈런을 맞은 기억이 남아 있겠죠.]

[오늘 경기 멀티히트를 기록했는데요. 타격감이 매우 좋은 걸까요? 아니면 강영웅 선수에게 강한 것일까요?]

[둘 모두라고 생각됩니다. 거기에 운도 따랐다고 생각이 듭니다.]

[왜죠?]

[앞선 타석들 모두 노려치기를 한 것으로 보입니다. 운이 좋게도 모두 맞아떨어졌어요.]

[아~ 그렇군요. 그럼 이번에도 위험할 수 있겠군요.]

영웅도 알고 있었다.

'플레이트를 이용하는 움직임을 보고 코스를 확인한 거다.'

그렇기 때문에 노려칠 수 있었다.

문제는 알았다.

고치는 방법도 알고 있었다.

영웅은 망설이지 않고 마운드에 섰다.

'몸 쪽, 슬라이더.'

페르나의 사인이 나왔다.

마운드에 서기 전, 더그아웃에서 결정한 사인이다.

고개를 끄덕인 영웅이 피처 플레이트를 밟았다.

원래라면 플레이트의 1루 쪽을 밟아야 한다.

이번에는 그러지 않았다.

오히려 3루 쪽에 붙었다.

와인드업을 한 영웅은 초구를 뿌렸다.

쐐애애액—!

정찬열의 스윙이 나왔다.

배트가 바깥쪽을 노리고 돌아갔다.

'몸 쪽?'

하지만 공이 들어오는 방향을 확인하고 배트를 멈췄다.

그 순간 공이 휘며 존으로 들어왔다.

퍽—!

"스트라이크!!"

정찬열의 입가에 미소가 그려졌다.

'눈치챘군.'

피처 플레이트를 이용하는 투구법.

사실 드문 방법이 아니었다.

아니, 메이저리그의 대다수 투수가 이 방법을 사용한다.

다만 영웅은 그 빈도가 높았다.

그럼에도 그의 공을 공략하지 못한 건 구종을 특정 지을 수 없기 때문이다.

포심 패스트볼 하나에도 무브먼트는 다양하게 들어왔다.

슬라이더 역시 세분화해서 던졌다.

또한 플레이트 위는 넓지 않다.

약 18m가 떨어져 있는 위치에서 그 차이를 발견하기란 쉽지 않았다.

'그럼에도 정찬열 선배는 그걸 공략하고 있다.'

그게 의문이다.

하지만 지금은 의문에 대한 답을 얻을 때가 아니다.

정찬열을 공략해야 한다.

어떻게든 넘어서야 팀에 한 번의 기회가 더 올 것이다.

[강영웅 선수 와인드업 합니다!]

이번에도 피처 플레이트의 중앙이었다.

날카로운 코너웍은 무리겠지만 상대가 코스를 예측하기 어려워진다.

하지만 이는 영웅과 페르나만의 생각이었다.

정찬열은 단순 피처 플레이트만 가지고 코스와 구종을 예측하고 있지 않았다.

메이저리그에서만 15년.

그리고 회귀 전의 경험들까지.

수많은 경험이 쌓이면서 생긴 통찰력과 현장 상황에 따른 정보 수집 능력까지.

그것들이 합쳐져 예측이라는 결과로 이어졌다.

그리고 이번에도 마찬가지다.

직전에 던졌던 공들, 페르나의 성향, 강영웅의 성향, 그라운드에 있는 선수들의 움직임까지.

모든 정보가 모여 예측을 해냈다.

'고속 슬라이더.'

예측은 정확했다.

바깥쪽으로 들어오던 고속 슬라이더가 마지막 순간 존 밖으로 휘어 나갔다.

배트를 돌리지 않은 정찬열의 승리였다.

"볼!"

영웅의 얼굴이 굳어졌다.

'어떻게?'

다시 의문이 생겼다.

분명 플레이트 가운데를 밟고 던진 공이었다.

그런데도 공을 던지기 전부터 스윙을 할 생각이 없었다.

만약 공의 변화를 보고 눈치를 챈 것이라면 스윙을 하려는 동작이 조금이라도 있었어야 했다.

'뭐지? 내 버릇이 더 있었나?'

수많은 생각이 머릿속에 빠르게 나타났다가 사라졌다.

꿈의 그라운드에서 배웠던 것들도 떠올랐다.

위기상황이 되자 머릿속에 떠오르지 않던 그들의 조언도 선명하게 생각났다.

그리고 한 가지 조언이 머릿속에 남았다.

"메이저리그는 괴물들이 모여 있는 곳이다. 너라면 충분히 통하겠지만 언젠가 통하지 않게 되는 괴물들을 만나게 될 거다. 하지만 명심해라. 너는 우리에게 배웠다. 그 괴물들이 모인 메이저리그에서도 전설로 추대받는 우리에게 말이다."

타이 콥이 했던 말이다.

그의 말을 곱씹던 영웅의 눈에 마운드로 올라오려는 페르나가 보였다.

손을 들어 그를 막았다.

'괜찮아.'

순간적으로 페르나는 고민에 잠겼다.

한 번 끊고 가야 할 상황이다.

하지만 투수가 직접 괜찮다는 사인을 보내고 있었다.

무시를 해서는 안 되는 상황.

페르나는 자신의 판단보다 투수의 사인을 우선시했다.

고개를 끄덕이고 타임을 취소한 것이다.

다시 자리에 앉는 그를 보며 정찬열의 눈에 이채가 어렸다.

'배터리의 신뢰가 두텁군.'

페르나는 급성장한 포수 중 한 명이다.

그 이유를 조금이나마 알 수 있는 대목이었다.

준비를 끝낸 정찬열이 다시 타석에 섰다.

'자, 과연 그 짧은 순간에 어떤 답을 찾았을까?'

답을 찾지 않았다면 타임을 막을 리 없었다.

기대가 됐다.

'베테랑은 신인을 잡아먹는 괴물이다. 그들은 통찰력이란 또 다른 무기로 신인들을 짓누른다.'

영웅이 다리를 차올렸다.

'지금까지는 그들의 조언으로 이겨왔다. 베테랑들의 통찰력을 넘어서는 그들의 조언이 있었기에 싸워올 수 있었다.'

상체를 비틀었다.

'하지만 그는 다르다. 지금까지 상대해온 베테랑들과는 근본적으로 다른 통찰력을 가지고 있다.'

평소보다 더 상체를 비튼 영웅의 근육들이 비명을 질렀다.

지칠 대로 지쳐 있었지만 지금의 위기를 넘어서야 했다.

팀을 위해서, 승리를 위해서.

'그렇다면 나는 나만의 무기로 이기겠어.'

일순간 움직임이 멈췄다.

찰나의 순간이 지나고 비틀림이 풀렸다.

회전을 극대화시킨 그의 투구 폼에서 공이 뿜어져 나왔다.

쐐애애애액-!

마치 미사일을 연상케 하는 공이었다.

뻐억-!

굉장한 소리가 그라운드에 퍼졌다.

사람들의 시선이 미트를 확인했다.

자신의 가슴 부근에 있는 미트를 본 심판이 다급히 콜을 했다.

"보…… 볼!"

[3구 볼입니다! 하지만 지금까지 던졌던 공들 중에서 가장 빠른 구속을 기록합니다. 구속은 무려 103마일입니다!]

오늘 경기 최고 구속이었다.

타석에서 물러난 정찬열은 고개를 저었다.

'리미트를 해제한 건가?'

프로라면 자신의 힘을 억제하는 건 당연한 일이다.

야구는 한 경기에 몇 시간 동안 이어진다.

그 시간 동안 전력을 계속 이어간다면 금방 쓰러질 것이다.

특히 투수는 야구에서도 가장 움직임이 많은 포지션.

선발 투수는 100개 이상의 공을 던지고 평균 3시간의 경기에서 2시간을 책임져야 된다.

반드시 완급 조절이 필요한 포지션이다.

하지만 간혹 리미트를 풀어야 될 때가 있었다.

영웅은 지금을 그 순간으로 잡았다.

리미트를 풀자 칼 같은 제구는 사라졌다.

그러나 제구력보다 더 강한 구위와 구속을 손에 넣었다.

뻐엉-!

"스트라이크! 투!"

[한가운데를 관통하는 공입니다!]

정찬열은 스윙을 했다.

하지만 타이밍이 너무 늦었다.

자신의 예상을 훨씬 뛰어넘는 공에 정신이 없을 지경이었다.

'설마 이 정도의 힘을 숨겨두고 있을 줄이야.'

예상을 한참 뛰어넘고 있었다.

공을 다시 받은 영웅이 다음 투구를 준비했다.

볼카운트는 투 볼 투 스트라이크.

'승부를 걸어올 거다.'

리미트를 해제한 상황.

투구 수를 길게 끌고 갈 생각은 없을 것이다.

그렇게 판단한 정찬열이 마음을 다잡고 배터박스에 섰다.

준비가 끝난 영웅이 와인드업을 했다.

타석에서 그의 등번호가 보일 정도로 영웅의 상체가 비틀어졌다.

'빠른 공을 존으로 넣을 거다.'

자신이 마스크를 쓴다면 분명 그 공을 요구할 거다.

그렇게 판단을 내린 정찬열의 눈이 날카롭게 빛났다.

그 순간 영웅의 비틀림이 풀리면서 공이 모습을 드러냈다.

정찬열은 그 틈을 놓치지 않고 스윙을 시작했다.

예상대로 영웅의 손을 떠난 공은 맹렬한 속도로 날아왔다.

힘과 힘의 대결.

결코 밀리지 않겠다는 의지가 공과 배트에 담겨 있었다.

그때 공의 궤적이 흔들렸다.

홈플레이트 직전에서 시작된 변화는 배트의 손잡이 부근으로 꺾여 들어갔다.

콰직ㅡ!

공과 충돌한 배트에 금이 갔다.

뒤이어 충격을 이기지 못한 배트가 둘로 쪼개졌다.

퍽ㅡ!

쪼개진 배트를 지난 공이 그대로 미트에 꽂혔다.

"아웃!"

구심의 콜이 귀를 때렸다.

정찬열은 허망한 표정으로 자신의 부러진 배트를 바라봤다.

'설마…… 마지막 순간에 커터를 택할 줄이야.'

분명 정면 대결을 펼쳐 올 것이라 예상했다.

경험에서 나온 예상이었다.

하지만 한 가지 간과한 것이 있었다.

영웅이 평범한 신인이 아니라는 점이었다.

마지막 승부에서도 영웅은 꿈의 그라운드에서 얻었던 조언을 잊지 않았다.

그렇기에 정면 대결이 아닌 변화구를 택했다.

그 결과는 눈앞에 보이는 그대로였다.

[삼진입니다! 강영웅 선수 오늘 경기 처음으로 정찬열 선수를 삼진으로 처리합니다!]

[대단한 승부였습니다.]

두 사람의 세 번째 대결은 단순히 아웃 카운트 하나가 아니었다.

영웅과 정찬열은 두 팀의 정신적 지주였다.

두 선수의 명성 역시 각 팀을 대표할 수 있을 정도였다.

그런 대결에서 이겼으니 분위기가 단숨에 넘어오는 결과로 이어지는 게 이상하지 않았다.

그리고 실제로 인디언스는 흐름을 타기 시작했다.

따악-!

[페르나 선수, 때렸습니다!!]

흐름을 타기 시작한 인디언스의 타선은 언제 그랬냐는 듯 점수를 뽑기 시작했다.

야구는 흐름 싸움이다.

이 말의 의미를 정확히 보여주는 모습이었다.

이날.

인디언스는 8회에만 무려 5점을 내며 순식간에 승기를 잡았다.

최종 스코어는 5 대 1로 인디언스가 승리를 거머쥐었다.

이날의 MVP는 단연 영웅이었다.

8이닝 1실점을 기록한 그는 레드삭스의 타선을 완벽하게 눌렀다.

두 팀은 다시 클리블랜드로 돌아왔다.

스코어 3 대 2.

6차전을 인디언스가 가져가게 되면 월드시리즈 진출이 확정되는 경기였다.

레드삭스에게는 최악의 상황이었다.

비교적 젊은 팀인 인디언스는 흐름을 타기 시작하자 무서웠다.

더 이상 레드삭스에게는 인디언스를 막을 힘이 없었다.

정찬열이 고군분투했지만 혼자의 힘으로 팀을 월드시리즈로 끌고 가기엔 무리였다.

거기에 쐐기를 박은 건 박형수였다.

[주자 만루 상황에서 박형수가 타석에 섭니다.]

[오늘 경기 멀티히트를 때리면서 좋은 타격감을 선보이고 있죠.]

만루 상황.

팀의 월드시리즈 진출을 결정지을 수도 있는 상황에서도 박형수는 침착했다.

정찬열은 빈틈을 찾기 위해 박형수를 관찰했다.

하지만 오늘의 박형수는 빈틈이란 찾을 수가 없었다.

그래도 사인을 내야 했다.

어떻게든 약한 부분을 찾아내서 말이다.

선택은 커브였다.

첫 번째 타석에서 때린 안타도 커브였다.

하지만 빗맞은 타구였다.

방향이 좋아 안타가 되긴 했지만 오늘 친 타구들 중에서 질은 가장 나빴다.

[2구 던집니다!]

초구 유인구를 잘 견뎌냈던 박형수.

그는 2구에서는 참지 않고 스윙을 시작했다.

매섭게 돌아가는 스윙과 달리 공은 밋밋하게 들어왔다.

아차 싶었지만 이미 공은 투수의 손을 떠난 상황.

정찬열이 할 수 있는 건 없었다.

따악-!

팀의 승리를 결정짓는 경쾌한 소리가 그라운드에 퍼져 나갔다.

[보스턴 레드삭스를 누르고 월드시리즈 진출을 확정지은 클리블랜드 인디언스! 챔피언 시리즈 MVP로는 강영웅 선수가 선정!]

최종 스코어 4 대 2.

월드시리즈 티켓을 인디언스가 거머쥐었다.

내셔널리그에서는 LA 다저스가 월드시리즈 진출을 확정 지었다.

스코어는 4 대 1.

전문가들의 예상으로는 LA다저스가 더 우승에 가까웠다.

그도 그럴 것이 다저스는 그 어느 때보다 투타의 밸런스가 완벽하다는 평가를 받았다.

특히 클레이튼 커쇼의 활약이 대단했다.

과거에는 빅게임에서 약하다는 평가를 받던 커쇼다.

하지만 경험이 쌓이면서 그런 평가는 사라졌다.

실제 디비전과 챔피언 시리즈에서 커쇼는 4전 3승 무패, 평균 자책점 0.7을 기록 중이었다.

많은 전문가가 월드시리즈 우승의 키를 두 선수가 가지고 있다 예측했다.

강영웅과 클레이튼 커쇼.

두 선수는 분명 부딪칠 수밖에 없었다. 최고의 슈퍼 에이스들이기 때문에 말이다.

그동안 무리를 했던 영웅은 오랜만에 푹 쉴 수 있었다.

일정도 좋았다.

5차전이 끝난 뒤 이동일이 있었고 6차전은 아예 쉬었다.

게다가 월드시리즈까지는 3일의 휴식일이 있었다.

체력을 회복하기에 충분한 시간이었다.

긴 시간 휴식을 보내면서 영웅은 예린과 오붓한 시간을 보냈다.

공개 커플이었기에 사람들의 이목도 크게 신경 쓰지 않아
도 됐다.

"오빠, 이거 어때요?"

그녀가 후드티를 집어 들었다.

디자인이 깔끔하고 색깔도 괜찮았다.

무엇보다 남녀 사이즈 모두 있었다.

"프린팅이 예쁘네. 디자인도 깔끔하고."

"그렇죠? 우리 커플티로 입어요!"

"커플티? 좋지."

영웅의 승낙에 예린이 환한 미소를 지었다.

두 사람의 사이즈에 맞는 두 벌의 옷을 골라 입었다.

"오빠, 이리 와봐요. 인증샷 찍게!"

예린이 영웅의 팔짱을 끼면서 당겼다.

키 차이가 제법 나기에 예린의 머리가 가슴보다 밑에 있
었다.

영웅은 무릎을 꿇고 그녀와 눈높이를 맞췄다.

찰칵—!

"에이~ 별로 안 예쁘다. 다시 찍을게요!"

원하는 사진이 좀처럼 나오지 않는 듯 몇 번이나 사진을
찍었다.

지쳐갈 때쯤 그녀가 원하는 사진을 얻었다.

"인스타에 올려도 돼요?"

"응."

사진을 자신의 SNS에 올리는 예린을 보며 영웅이 미소를 지었다.

그녀와 함께 있으면 모든 근심걱정이 사라졌다.

오로지 이 시간을 즐길 수 있었다.

기분 전환을 할 수 있다는 건 매우 중요했다.

아무리 영웅이 야구를 좋아한다지만 야구만 하는 인생은 오래 버틸 수 없다.

어느 순간 지치게 되고 야구에 대한 의욕이 떨어지게 된다.

그 결과가 어떻게 이어질지 쉽게 알 수 있다.

하지만 예린이라는 탈출구를 얻음으로써 영웅은 기분전환을 할 수 있었다.

알게 모르게 쌓이는 스트레스를 해소하는 창구가 된 것이다.

영웅은 그 사실을 몰랐지만 말이다.

그저 지금 이 순간을 즐겼다.

그녀와 즐거운 시간을 말이다.

월드시리즈가 하루 앞으로 다가왔다.

인디언스와 다저스는 1차전 선발을 예고했다.

예상대로 영웅과 커쇼의 대결이 됐다.

전문가들은 1차전은 한 점 차 승부가 될 것이라 예상했다.

두 투수의 명성대로라면 당연한 예측이었다.

비록 영웅이 월드시리즈 첫 경험이기는 했지만 무난히 넘길 거란 예상이 지배적이었다.

일부 전문가는 월드시리즈의 압박감을 이기지 못할 것이란 전망을 하기도 했다.

그러나 그런 의견을 내는 사람은 소수에 불과했다.

그만큼 영웅에 대한 신뢰는 두터워졌다.

16시즌 이후 오랜만의 월드시리즈 진출이었다.

클리블랜드는 그 어느 때보다 뜨거운 분위기를 연출했다.

한국인들에 대한 클리블랜드 시민들의 호감도도 매우 높아졌다.

강영웅의 영향도 컸지만 포스트시즌의 사나이 박형수의 활약도 한몫 톡톡히 했다.

페넌트레이스에서도 좋은 모습을 보여주었던 박형수다. 하지만 포스트시즌의 활약은 경이롭다는 표현을 써야 될 정도였다.

특히 결정적인 순간에 때리는 결승타와 홈런은 그가 찬스에 매우 강하다는 걸 말해주고 있었다.

월드시리즈 1차전은 인디언스의 홈구장인 프로그레시브 필드에서 열린다.

매우 좋은 상황이었다.

영웅은 자신의 방에서 마인드 컨트롤을 하고 있었다.

크게 떨리거나 하진 않았다.

하지만 약간의 긴장감이 그의 몸을 압박하고 있었다.

'내가 월드시리즈라니……'

생각해 보지 못했다.

코앞으로 다가왔지만 여전히 실감이 나지 않았다.

"월드시리즈도 경기의 연장선이다. 긴장을 하면 너에게 독밖에 되지 않아."

사이 영의 조언을 곱씹었다.

그들의 조언 하나하나가 영웅에게 힘이 되어주었다.

'반드시 우승하겠어.'

눈을 뜬 영웅의 눈에 굳건한 다짐이 담겨 있었다.

다음 날.

월드시리즈 1차전이 열리는 프로그레시브 필드는 일찌감치 사람들로 붐볐다.

티켓은 이미 매진이었다.

그것도 모자라 경기장 인근의 모든 펍에도 빈자리를 찾기 어려웠다.

클리블랜드 지역민들은 76년 만에 월드시리즈 우승을 할 수 있다는 기대감으로 가득 차 있었다.

하지만 상대가 너무 강했다.

올 시즌 LA 다저스는 2010년 초반 이후 가장 강력한 전력을 구축했다고 평가받고 있었다.

투수진 역시 뛰어났지만 올 시즌 높은 평가를 받는 이유는 바로 수비진에 있었다.

메이저리그 전체를 통틀어 최저 에러를 기록했을 정도로 안정적인 수비를 펼쳤다.

반면 인디언스는 아메리칸리그 3위, 메이저리그 전체 7위에 랭크됐다.

주전 선수들의 UZR을 보더라도 다저스가 우위에 있었다.

그렇기에 1차전의 승패가 수비에서 갈릴 거라 보는 전문가들이 많았다.

식전 행사가 모두 끝나고 마운드에 영웅이 올라왔다.

관중석에서 환호성이 쏟아졌다.

압도적으로 많은 사람이 올 시즌 인디언스의 월드시리즈 진출에 있어 가장 공이 높은 선수로 영웅을 뽑았다.

클리블랜드에서의 인기는 단연 최고였다.

지역지에서는 매일같이 영웅을 다년 계약으로 묶어야 한다는 이야기를 하고 있을 정도였다.

영웅의 활약은 한국 야구 관계자들에게도 기쁜 일이었다.

기자석에 앉아 경기장을 바라보는 오영태도 뿌듯함을 느꼈다.

'월드시리즈에 한국인 선수가 뛰는 게 얼마만이냐?'

수많은 한국인 선수가 메이저리그에 진출했다.

하지만 압도적인 성적을 보여준 선수는 많지 않았다.

그중에서도 월드시리즈와 인연을 맺은 선수는 정찬열밖에 없었다.

개인의 성적만으로는 불가능한 게 월드시리즈였다.

'슬슬 시작하겠군.'

노트북 옆에 놓아둔 스마트폰에서는 한국 채널의 중계가 나오고 있었다.

연습 투구를 끝낸 영웅이 로진을 손에 묻히는 모습은 어느 때와 똑같았다.

[국내의 야구팬 여러분 안녕하십니까?]

곧 스마트폰을 통해 중계가 시작됐다.

월드시리즈.

1년의 야구를 결정짓는 순간이 코앞으로 다가왔다.

1회.

마운드에 선 영웅이 크게 호흡을 내뱉었다.

평소와 같은 마음으로 마운드에서 상체를 숙였다.

빠르게 사인을 교환하곤 투구자세에 들어갔다.

[강영웅 선수, 초구 던집니다!]

비틀렸던 상체가 풀리면서 영웅의 손에서 공이 떠났다.

쐐애애액-!

뻐억!

"스트라이크!"

월드시리즈가 시작됐다.

많은 전문가의 예상대로 영웅은 평소와 같은 피칭을 보여주었다.

그의 투구에는 망설임이란 없었다. 큰 경기이니만큼 긴장할 거란 예상도 있었지만 그런 모습은 전혀 없었다.

마치 평상시처럼 던지는 그의 모습에 수많은 기자와 전문가가 고개를 저었다.

"도대체 강영웅의 심장은 얼마나 단단한 거야?"

"그러게 말이야. 월드시리즈에서도 긴장을 안 할 줄이야."

"이번에는 100마일이 찍혔어. 철인이네, 철인이야."

기자석에서 미국 기자들이 하는 말에 오영태의 입가에 미소가 그려졌다.

그가 공을 던질 때면 언제나 듣는 말들이었다.

하지만 몇 번을 듣더라도 기분이 좋았다.

'강영웅 선수 덕에 우리들 어깨도 한껏 올라간다니까.'

많은 사람의 관심을 받은 1회 초가 빠르게 마무리됐다.

영웅은 세 개의 아웃 카운트 중 두 개를 삼진으로 처리하며 여전한 삼진 능력을 보여주었다.

커쇼 역시 마찬가지였다.

영웅보다는 구속이 떨어졌지만 많은 경험과 다양한 변화구로 타자들을 처리했다.

삼진은 한 개밖에 기록하지 못했지만 투구 수는 영웅보다 3개가 더 적었다.

전문가들의 예상대로 경기는 투수전이 되었다.

2회, 3회까지 월드시리즈 첫 번째 안타는 터지지 않았다.

수준 높은 투수전에 관중들의 손에 땀이 맺혔다.

[4회 초 강영웅 선수가 다시 마운드에 섭니다. 현재까지 투구 수는 33개입니다.]

[투구 수가 매우 인상적입니다. 이대로만 간다면 완투도 가능한 수치예요. 하지만 이번 이닝을 조심해야 됩니다. 타자일순이 되는 만큼 타자들이 공격적으로 나올 가능성이 있습니다.]

영웅도 알고 있었다.

그렇기에 볼의 커맨드를 변경했다.

이전에는 패스트볼 위주의 빠른 승부를 했었다.

4회에는 패스트볼을 위주로 하면서도 유인구를 던져 타자의 머리를 복잡하게 만들었다.

영웅의 생각대로 잘 먹혀 들어갔다.

1번과 2번 타자가 연달아 평범한 외야플라이를 기록했다.

남은 아웃 카운트는 하나였다.

영웅은 연달아 두 개의 패스트볼을 던졌다.

테일링과 라이징성 패스트볼에 타자의 배트가 헛돌았다.

[투 스트라이크로 유리한 볼카운트를 잡는 강영웅 선수입니다!]

세 번째 구종으로 스플리터를 택했다.

패스트볼을 노리는 타자가 치기 어려운 공이었다.

치더라도 빗맞을 게 분명했다.

와인드업을 한 영웅이 삼구를 던졌다.

쐐애애액-!

예상대로 스윙의 궤적이 패스트볼을 노리면서 나왔다.

그 순간 공이 밑으로 뚝 떨어졌다.

놀란 타자가 무릎을 굽히면서 스윙의 궤적을 변경했다.

하지만 스플리터의 변화를 따라가기엔 무리였다.

딱-!

공의 위를 배트가 때렸다.

홈 플레이트 앞에서 타구가 원 바운드됐다.

영웅이 타구를 좇았다.

높게 뜬 타구였지만 처리하기 어렵지 않았다.

3루수 데커도 그렇게 판단했다.

여유롭게 뒤로 물러나며 자세를 잡으려는 그때였다.

갑자기 스텝이 꼬이면서 뒤로 넘어졌다.

"억!"

넘어지는 와중에도 타구를 잡기 위해 손을 뻗었다.

그러나 닿지 않았다.

퍽-!

아슬아슬하게 글러브에 빗긴 타구가 그라운드에 떨어졌다.

급하게 일어난 데커가 공을 잡았을 때는 이미 타자가 1루 베이스를 밟은 뒤였다.

[아-! 이게 뭔가요! 갑자기 넘어지면서 타구를 처리하지 못합니다! 데커 선수의 에러가 나옵니다!]

기분 나쁜 출루였다.

to be continued

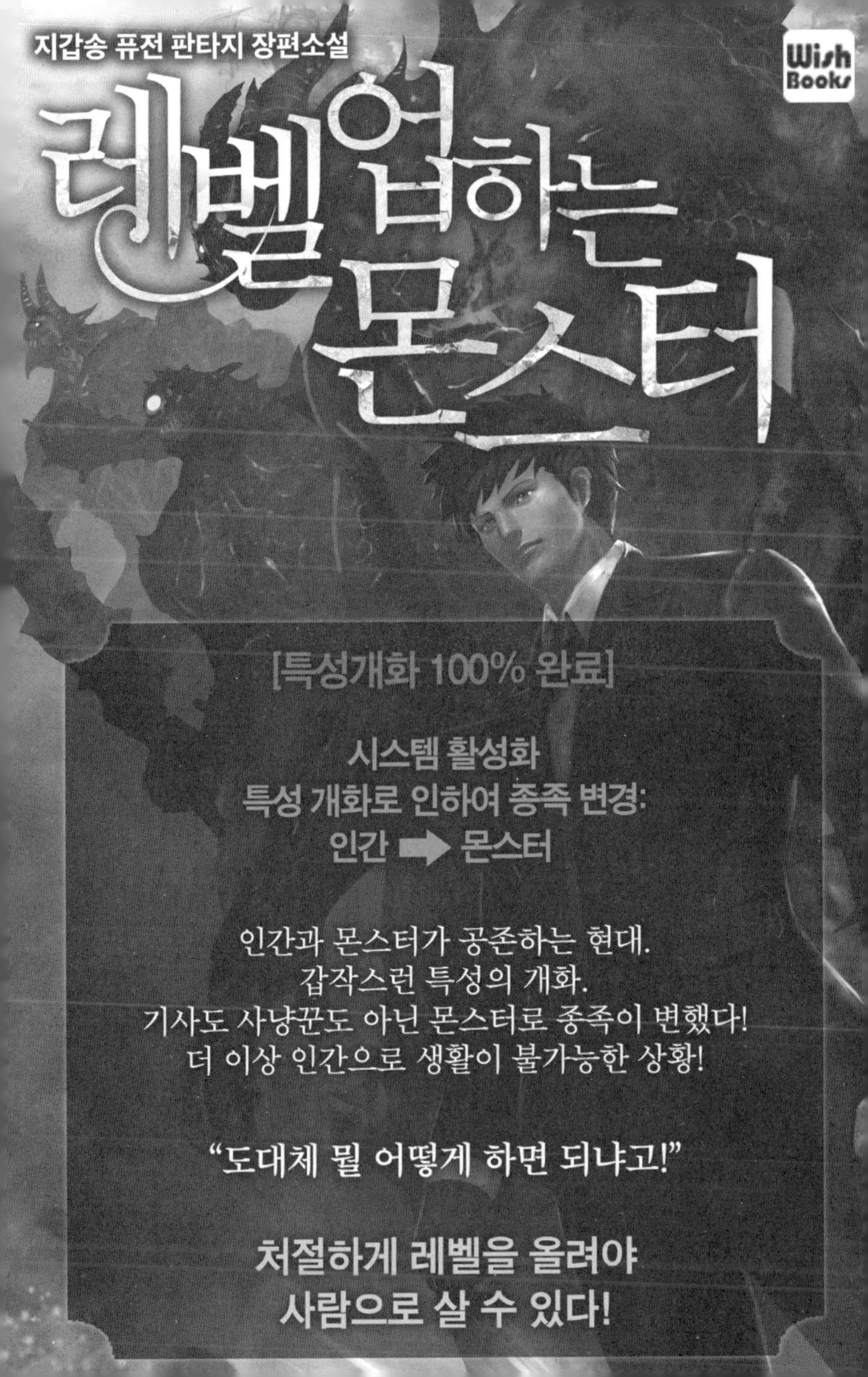

지갑송 퓨전 판타지 장편소설
Wish Books
레벨업하는 몬스터
[특성개화 100% 완료]
시스템 활성화
특성 개화로 인하여 종족 변경:
인간 ➡ 몬스터
인간과 몬스터가 공존하는 현대.
갑작스런 특성의 개화.
기사도 사냥꾼도 아닌 몬스터로 종족이 변했다!
더 이상 인간으로 생활이 불가능한 상황!
"도대체 뭘 어떻게 하면 되냐고!"
처절하게 레벨을 올려야
사람으로 살 수 있다!

쥐뿔도 없는 회구

목마 퓨전판타지 장편소설

불친절하기 짝이 없는 이세계 '에리아'.
그곳에 소환된 '이성민'.

13년의 생활 끝에 죽음을 맞이한 그에게
또 한 번의 기회가 주어졌다.

재능이 없다.
그러나 그에겐 13년의 기억이 있다.

우연처럼 엮인 필연이, 그리고 목적이
그를 앞으로, 더 높은 곳으로 나아가게 한다.

이성민은 무엇을 바라였는가.
무엇이 되고 싶었는가.

"나는 다시 살아가 보고 싶다.
전생보다 나은 삶을."

Wi
Bo